ちゃからかぽん

おやこ相談屋雑記帳

主な登場人物

信吾　黒船町で「おやこ相談屋」と将棋会所「駒形」を営む
波乃　楽器商「春秋堂」の次女　信吾の妻
甚兵衛　向島の商家・豊島屋のご隠居　「駒形」の家主
常吉　「駒形」の小僧
夕七　「駒形」の常連
寸瑕亭押夢　戯作者
権六　「マムシ」の異名を持つ岡っ引
志吾郎　書肆「耕人堂」の若き番頭
正右衛門　信吾の父　浅草東仲町の老舗料理屋「宮戸屋」主人
繁　信吾の母
正吾　信吾の弟
咲江　信吾の祖母

犬猿の仲

一

金龍山浅草寺弁天山《きんりゅうざんせんそうじべんてんやま》の時の鐘が、四ツ（午前十時）を告げてほどなくのことだ。将棋会所の大黒柱に取り付けられたちいさな鈴が二度、二回続けてチリリチリリと鳴った。母屋に来客ありとの波乃《なみの》からの合図である。

信吾《しんご》が席を立つと、鈴はさらに三回、四回、そして五回も鳴った。となると飛び切り大切な、でなければ珍しい客に相違ない。あとを甚兵衛《じんべえ》に頼み、余程のことがなければ呼ばないようにと常吉《つねきち》に念を押して、信吾は沓脱石《くつぬぎいし》の日和下駄《ひよりげた》を突っ掛けた。

心が騒いでならない。「もしや」と思い、「まさか」と打ち消した。将棋会所との境の柴折戸《しおりど》を押して母屋の庭に入ったが、師走ということもあって表座敷の障子は閉《た》てられている。

だがまさに、「もしや」であり「まさか」だとわかった。うれしくてならないという、波乃の弾んだ声が聞こえたからだ。沓脱石の草履が、一足だけとなると客は決まっている。猿の三吉《さんきち》を肩に乗せた猿曳《さるひ》きの誠《まこと》のはずだ。

信吾は下駄を脱いで障子を開けた。

「よく来られたね、誠さん。正月まえの準備で、大忙しだろうに」

「新しい芸に取り組んでいるが、行き詰まって二進《にっち》も三進《さっち》も行かなくなってね」

「あたしたちの顔を見たらなんとかなるかもしれないって、忙しいのを押して来てくださったそうなの」

話を聞くとこういう事情らしかった。

誠と三吉は空前と言ってよい人気演目を磨きあげたのだが、度を超すといいことばかりではないようだ。いつしかその演目に縛られ、振《ふ》り廻《まわ》されるようになってしまった。

どこで演じても大受けに受け、ほかの猿曳きたちとは較《くら》べものにならぬほどの祝儀が得られる。となればある程度は我慢しなければならないのだが、痛《いた》し痒《かゆ》しということであるらしい。

その演目は次のような経緯で生まれた。

出羽国《でわのくに》は米沢《よねざわ》藩の江戸詰めの藩士原正弘《はらまさひろ》が、吾妻橋《あずまばし》のたもとに捨子があったと友人に聞いて詩に綴《つづ》り、題を「棄兒行《きじこう》」とした。それを幇間《たいこもち》の宮戸川《みやとがわ》ペー助《すけ》が、座敷芸の「捨子行《すてごこう》」に仕立て直したのである。涕涙《ているい》雨のごとき状態にある観客を一瞬にして爆笑させてしまう、なんとも摩訶不思議《まかふしぎ》な芸であった。

子を捨てねばならぬ痛嘆の極みと言うしかない父親を、誠は猿の三吉に演じさせたのだ。動きを最小限に抑え、しかもできるかぎり表情を変えずに、誠の詩吟にあわせて動かせた。哀《かな》しみにおおわれた顔を見せず、無表情でいることで、子を捨てねばならぬ父親が放心状態であることがより鮮明になる。

吟じ終えた誠が地の声にもどって、「いや、こればかりは捨てられぬ」と言う。そのひと声で大逆転が起きる。三吉が布に包まれた赤ん坊を抱きあげて頰擦りすると、赤ん坊ではなくて酒徳利《さかどつくり》。忍び泣きで目を腫らしていた観客は、一瞬にして腹を抱えて笑ってしまう。

本来が漢詩なので、普段使わない難解な言葉が頻出する。わかってもらえるだろうかとの不安は杞憂《きゆう》に終わった。三吉の表情やわずかな動作から、客は十分に意味を汲《く》み取ったのだ。

誠が三吉にやらせた「捨子行」は大評判となり、かれらのもっとも得意とする持ち芸になった。噂《うわさ》を聞いた人に演じてほしいと頼まれるだけでなく、何度見ても泣けて笑えるのでと所望する人がいくらもいたのである。

その人気にあやかろうと、多くの猿曳きたちが自分の猿を仕込んだが、どれも三吉の足許《あしもと》にも及ばなかった。叩《たた》かれたり呶《ど》鳴《な》られたりして仕方なくやるのと、人が自分の芸を見て泣いたり笑ったりするのが楽しくてならない三吉とでは、天と地ほどの開きがあって当然だろう。

ところが誠は芸人である。

多くの人に楽しんでもらえるのはありがたいが、「捨子行」の人気に翳《かげ》りが出始めるまえに、新しい芸を物したいとの思いが日ごとに強くなっていた。「捨子行」に縛られ振り廻されていると感じるようになってからは、その思いはますます強くなったようだ。だからなんとしても新しい演目を、できれば「捨子行」を凌《しの》ぐものをと思うのだが、ことほど左様に簡単ではない。

それだけではないようである。

「正月には祝儀として舞う『三番叟《さんばそう》』などの、決まった演目がいくつかあるけれど、『捨子行』を観《み》たいという人も多いと思うんだよ。しかしいくらなんでも、正月早々に捨て子の芸は縁起が悪いだろう」

「『捨子行』には、最後にどんでん返しの爆笑があるじゃないか。お正月の初笑いには打って付けだと思うけどね」

「だとしても捨て子となると、やはり年頭の祝い芸にはふさわしくない。だから華やかで明るく、三吉の良さが活《い》きる演目をと考えているのだけどね」

——おいらが出るだけで華やかで明るくなるのだから、あれこれ悩むことはないと思うがな。

——少し黙っていないか、大事な話をしているのだから。

三吉に釘《くぎ》を刺してから信吾は誠に言った。

「誠さんの気持はわかるよ。とは言っても『捨子行』のあとで、あれを超える芸は簡単には創り出せないかもしれないね」

「だったら誠さんと三吉さん」と、波乃が言った。「仕上がりの途中でもかまいませんから、新しい芸を見せていただけないかしら。もしかしたら、あたしたちがなにか思い付くかもしれないでしょう。こうしたらお客さんに喜んでもらえるのではないかとか、人が思いもしないところで、三吉がアカンベーをやったらどうかしら、なんて」

「波乃、誠さんを困らせてはいけないよ。芸人はできあがったもの、完成した芸しか、客に見せないことになっているんだから」

「あら、あたしたちはお客さんではありませんよ。仲の良いお友達じゃないですか」

「だったら言い直すよ。芸人は仕込み中の芸を、自分の師匠や仲間以外には絶対に見せない。できあがったものだけが芸だそうだ。たとえ九割九分九厘までできていても、なにもないのとおなじだからね」

波乃もわかっているだろうが、でありながらそこまで落胆するかと思うほど、哀しそうな顔になった。それをじっと見ていた誠が、首筋を掻《か》きながら仕方ないというふうに言った。

「波乃さん、そんな辛《つら》そうな顔をしないでおくれ。替わりにと言っちゃなんだが、『捨子行』を見せてあげるから」

誠がそう言っただけで、波乃は人がそこまで変われるかと思えるほどの変貌を見せた。まさに狂喜としか言えない、零《こぼ》れんばかりの笑顔になったのである。

なにもかもわかっていての芝居だったのではないかと、信吾は思わずにいられなかった。誠もおなじ思いだったらしく、苦笑しながら三吉に命じた。

「三吉、着替えだ。お二人に『捨子行』を観てもらうんだからな」

誠のひと声で、三吉は両脚でしゃきっと直立した。

持参した風呂敷包みを解くと、誠は素早く三吉に衣裳《いしょう》を着せてゆく。貧困の極みにある浪人に変身させるべく、擦り切れて継《つ》ぎ接《は》ぎだらけの着物を着せて、よれよれの帯を締めた。続いて座蒲団《ざぶとん》を模した布に包んだ五合徳利を、三吉に抱かせる。

手際よく準備をするのを見ながら、信吾はもしかすればと思った。誠は波乃との遣《や》り取《と》りを予測して、三吉の衣裳を持って来たのではないだろうか。となると波乃とはいい勝負ではないか。

「東西東西《とざいとーざい》、ここ許《もと》にご覧に入れまする太夫《たゆう》さんの名前は、三吉と申します。三ちゃんです」

誠が張りのある口上を述べると、三吉が信吾と波乃に深々とお辞儀をした。

「では、始まりー始まり」

ける。

二

一呼吸置いて誠が朗々と詩を吟じると、三吉がそれにあわせて独特の動きで所作を付

斯《こ》の身飢《う》ゆれば　斯の兒育《こ》たず
斯の兒棄《す》てざれば　斯の身飢ゆ
捨《す》つるが是《ぜ》か　捨てざるが非か
人間の恩愛　斯の心に迷う

迷いに迷った末に子を捨てざるを得ない親の悲哀が、わずかな動きと、微妙な表情の変化で描き出される。

波乃が『捨子行』を観るのは二度目であったが、最初に観たときよりも激しく泣き、直後にそれが爆笑に転じた。手巾で目頭を押さえながら波乃は言った。

「まえに見せていただいたときより、遥《はる》かに強く胸を打たれました」

言われて誠は満足気にうなずいた。

「三吉も日々進歩しているからね」

——誠も少しはわかってきたじゃないか。

——三吉、誠さんだろ。主人を呼び捨てにするやつがあるか。

日々進歩していると言われ、どういうことかしら、とでも言いたげに波乃は首を傾《かし》げた。

「三吉は常に客に接しているからね。どうやれば、あるいはどういうときに、客は胸を詰まらせて涙ぐみ、また我慢できずに噴き出すかを見てるんだ。だからといって、やりすぎると客は退《ひ》いてしまうこともわかっている。三吉は利口だから、それを自分の芸に活かしているんだよ」

誠は芸を終えた三吉を労《いた》わると衣裳を脱がせ、素早く畳むと風呂敷に包んだ。

「三吉、よくやったな。波乃さんが褒めてくれたじゃないか。信さんと波乃さんと話すから、おまえは休んでいていいし、好きにしてかまわんぞ」

言われるなりごろんと横になると、三吉はぼりぼりと下腹を搔き始めた。しかしそれは信吾と波乃を笑わせるためであったようで、すぐに起きるとちょこんと坐《すわ》り直した。

この剽軽《ひょうきん》な猿が「捨子行」を演じたのだと思うと、感慨深いものがあった。

「おなじ芸なのに何度でも観たいという人がいるのが、誠さんの詩吟と三吉の芸を見ているとよくわかるよ」

信吾がしみじみとそう言うと、波乃が「あッ」と声に出して、あわてて掌《てのひら》で口を押さえた。

「どうしたんだ」

「姨捨山《おばすてやま》はどうかしら」

「姨捨山ぁ」

信吾と誠が同時に素《す》っ頓狂《とんきょう》な声を出して、思わず顔を見あわせた。

「『捨子行』はどうにも仕方なくて子供を捨てるしかなかった人の話ですけど、『姨捨山』は年寄った女の人、たしか母親を山奥に捨てる話でしょ。三吉だったらどんな芸を見せてくれるかと、ふとそう思ったの」

「そりゃ、『捨子行』以上に無茶だよ。女のお年寄りを捨てるなんて、とてもお正月には見せられやしない」

信吾が呆《あき》れたように言うと、波乃はおおきく首を振った。

「もちろんお正月用ではありません。そうじゃないの。おなじ捨てる話でも、赤さんとお年寄りでしょ。三吉がそれをどう演じ分けるか、観たいお客さんは大勢いると思うわ」

「口減らしのために、婆《ばあ》さんを山奥に捨てるって話だったたっけ」

間延びした言い方をしたが、誠の胸の裡《うち》で動くものがあったらしいのを信吾は感じた。

「各地にある伝説のようだ。なにかの本で読んだことがあるけど、信濃《しなの》の千曲《ちくま》にある山のことらしい。冠を着る、被《かぶ》るということだけど、冠着山《かむりきやま》の別名が姨捨山だそうでね」

「だとすると、婆さんを捨てる伝説が残っているはずだな」

身を乗り出した誠に信吾はうなずいた。

「たしか還暦だったと思うけど、冠着山の麓の村々ではその齢《とし》になると、口減らしのために女の人を山奥に捨てるそうだ」

「女の人だけなの。男の人は」

波乃はそれが気になったらしかった。

「書かれてなかったけれど、やはり捨てられるんじゃないのかな」

「だったら姨捨山としないで、老捨山《おいすてやま》とかになるのではないかしら」

「背負って捨てに行くのは息子の役だから、父親より母親のほうが哀れだと思ったけれどね。そうか姨捨山とあるからには女の人だけなんだろうな」と、そこで切ってから信吾は続けた。「冠着山のはこんな話でね」

還暦を迎えた母親を捨てなければならなくなって息子が悩んでいると、その嘆きようがあまりにもひどいので女房が唆《そそのか》すのだ。伯母さんを騙《だま》して捨てて来たらいいじゃないのと言われ、息子はついその気になってしまう。ところが山奥に伯母を捨てて帰ったとき、月が皓々《こうこう》と自分を照らしているのに気付いた。地面に濃い影ができているのを見て息子は後悔し、伯母を連れもどすのである。

「姨捨山はね、初めは母親を捨てる話だったはずだ。だけどいくらなんでも酷《ひど》すぎるってんで、作り直したんじゃないかな。だからちぐはぐになったと思うんだ」

「あら、どこがちぐはぐなのかしら」

「オバには両親の姉か兄の奥さんの伯母と、両親の妹か弟の奥さんの叔母があるけど」

「ああ、ややこしい」

「その本にはね、年上に当たる伯母と書かれていた。だとすればいる訳がない」

なぜいる訳がないかわからず戸惑ったが、すぐに波乃は気付いたようだ。

「そうね。伯母さんなら、息子さんの母親より先に捨てられるはずですもの」

「むりに作り直したから、ボロが出てしまったにちがいない」

「誠さん、どうなさったの」

誠の頰がいつのまにか紅潮していた。

「やはりここに来ると良いことがあるんだよな。正月用の新作はなんとかしたいけど、『姨捨山』もやりたくなったよ」

「わあ、よかった。かならず見せてくださいね、仕上がったら真っ先に」

返辞もせずに誠は考えを巡らせはじめた。

「『捨子行』をやって、四半刻《しはんとき》（約三〇分）ほど雑談しながら休憩し、続いて『姨捨山』

をやる。『捨子行』にはオチがあって笑えるけど、『姨捨山』には笑いは入れないほうがいいだろう。人が生きているってこと、人の世や人の営みについてしみじみと考え、感じてもらいたいからね」

「原さんに『姨捨山』の詩を作ってもらいますか」

信吾がそう言うと、しばらく考えてから誠は首を横に振った。

「それはどうかな。詩が二つ重なると重くなる。もともとが語り伝えられた話だから、その雰囲気を活かしたほうがよいだろう」

誠の胸の裡では、いかにすれば効果があり、観客が楽しんでくれるかが計算され、構想が組み立てられているらしい。

「なるほど、淡々とした中にも切なさの感じられる話だから、母と息子の言葉の遣り取りだけで進めたほうがよさそうだ」

「いろんな遣り方があるけれど、それは一先《ひとま》ず置いて」

「まずは正月用を仕上げなきゃね」

だから誠が三吉を肩に、二人を訪ねて来たのだと信吾は思い出した。その三吉が、ひどく障子を気にしている。

理由はすぐにわかった。丸くて左右に三角の尖《とが》りのある影が障子に映っていた。

将棋会所で常吉が世話している番犬の波の上が、沓脱石にあがって濡縁《ぬれえん》に両前脚を掛けているのだ。室内の気配というよりも、猿の三吉の臭いが気になって仕方ないにちがいない。

障子に映った波の上の首から上の影をじっと見ていたが、やがて三吉は中腰になって障子に近付いた。

障子に両手を掛けて慎重に三寸（約九センチメートル）ほど開けて、そのまま三吉は外を見ている。信吾たちからは見えないが、波の上がいるはずだ。

かなり長い時間そのままであった。波の上は吠《ほ》えないし、三吉も黙ったままで、ただひたすら見ている。

影を見れば犬だと見当が付くので、誠はひどく警戒していた。いつ三吉に襲い掛かるかしれないので、気になって当然だ。

三吉は今や誠にとって掛け替えのない相棒で、けっこうな祝儀をもらえる金蔓《かねづる》でもあった。万が一なにかあれば、どんなことがあっても三吉を護《まも》らねばならないのである。

問題は起きそうにないと見極めを付けたのか、それとも好奇心を抑え切れなかったのか、三吉は障子をさらに開けた。五寸（約一五センチメートル）か六寸（約一八センチメートル）になったのではないだろうか。

三

波の上は乳離れしたばかりの仔犬《こいぬ》を、一年半ほどまえにもらって来たので、まだ二歳には少し足らなかった。常吉が信吾に命じられて「宮戸屋《みやとや》」に出向くとか、買い物に出るときは付いて行くことがあるが、だとしても浅草《あさくさ》の一部しか知らない。ほとんど将棋会所「駒形《こまがた》」と、信吾たちの暮らす母屋かその庭にいる波の上が、猿に出会ったことは、いや、遠くからにしろ見たことはないはずである。

一方の三吉は毎日のように誠の肩に乗って、大名や大身旗本の屋敷、豪商や大店《おおだな》の寮を訪れて芸を見せていた。であれば当然のように飼い犬に出会っているはずだ。だから凶暴極まりないのから好々爺《こうこうや》のようにおだやかなのまで、犬にもさまざまな性格があることを知っているだろう。

姿を見るなり吠え、突っ掛かる犬もいれば、自分たち以外の生き物の存在に理解を示すおだやかな犬もいる。多くの犬を見てきた三吉は、目のまえにいる波の上が、世話係の常吉や飼い主の信吾と波乃に近い性格だと見抜いたにちがいない。

だから三吉はさらに障子を開けて濡縁に出たのだ。開けたといっても五、六寸だが、その狭い隙間を難なく擦り抜けてしまった。猫などもそうだが、動物は人が思うよりも遥かに柔軟な体をしている。

で、どうなったかというと、どうもならなかった。波の上は吠えず、三吉は唸《うな》ったりキーキー声で喚《わめ》いたりしなかった。

「お正月用の演目ですけど」

波乃が本来の話題にもどすと、誠は期待する目になった。

「いい案がありましたかね、波乃さん」

「『花咲か爺《じい》さん』があるでしょう。枯れ木に花を咲かせましょうって。いかにも初春の芸に、ふさわしいではありませんか」

「『花咲か爺さん』か」

誠と信吾が空に目を遣ったのは、どんな話だったかを思い起こそうとしたからだろう。

やがて、「駄目だね」と誠は打ち消した。

「題は華やかだけど暗い話だから」

雨の降る日に人の好《よ》いお爺さんが、仔犬を拾ってシロと名付ける。やさしく育てられたシロは、「ここ掘れワンワン」と畑の一隅を爺さんに教えた。言われて掘ると大判と小判がざくざくと出て、爺さんは大金持ちになった。

そのことを知った隣家の夫婦が、どこを掘ったら金が出るのだとシロを責めるが、教えないので殺してしまう。

シロは焼かれたが、その灰は枯れた木に花を咲かせる不思議な灰となった。やさしい爺さんは「花咲か爺さん」として有名になった。とそれだけの話である。

「なんの罪もない犬を殺してしまうのは、いくらなんでもまずいよ。枯木に満開の花が咲き乱れたとしてもね」

「だったら『養老の《の》滝』。孝行息子が貧乏はしているけれど、せめて父親には好きなだけお酒を呑ませたいと願ったら、滝の水がお酒に変わります。滝が全部お酒になるのだから、なんといっても豪快だし、それに親孝行の話ならお正月向きでしょ。子供からお年寄りまで楽しめるわ」

「ただこの話の滝は、実際とはかなりちがっていてね」

信吾がそう言ったのが、誠も波乃も意外だったようだ。

「あら、信吾さん。どこがでしょう。まさか孝行息子ではなくて、とんでもない親不孝息子だったとか」

「話そのものでなく、そのいわれのある滝が実際にあるんだ。落差が十丈（約三〇メートル）あまりで、幅が一丈三尺（約四メートル）ほどだそうだ。孝行息子は源丞内《げんじようない》という名の貧しい樵《きこり》で、懸命に働いても、老いた父を養いながら生きていくのがやっと。父の好きな酒を買うこともできない」

ところが親孝行の徳というのか、ある日、いつものように薪を取っていると、どこからか良い香りが漂ってくる。周りを見廻すと、岩のあいだから落ちる、滝ともいえないちいさな流れがあった。

「源丞内がそれを掌で受けて口に含むと」

「お酒だったんだな。それも飛びっきり味のいい」

「それを汲んで帰った源丞内は、父親にたっぷりと呑ませることができた、ってことだね。ただ、それだけで終わらなかった」

信吾の言い方がもったいぶっていたからだろう、波乃がすまし顔で茶化した。

「急にお酒をたくさん呑んだので、お父さまが亡くなられたとか」

「それじゃ、親不孝じゃないか」と、信吾は苦笑いした。「孝行伝説として残る訳がない。その話を耳にした女帝の元正《げんしょう》天皇が甚《いた》く感じ入られ、霊亀《れいき》三年を養老元年と改めたんだ。それだけで終わらず、源丞内を美濃守《みののかみ》に任命した。父と子は、幸せな日々を送ることができたってことだよ」

「めでたし、めでたし、じゃないですか」

「養老の滝は落差が十丈で幅が一丈三尺。ところが源丞内が酒を汲んだのは、岩のあいだから落ちる滝ともいえないちいさな流れであった」

「それくらい大目に見てあげなくては」

「大目に見てもいいけどね。どうやら次の天皇をだれにするかということで、揉《も》めていたらしいんだ。元正天皇が孝行息子に感じて養老に改元したというのは、自分の印象をよくしようとの下心があったからかもしれない。となると、正月向きとは言えないからね」

「信さんは物識《ものし》りだなあ」

誠が感心したような、半ば呆れたような言い方をした。

「風変わりな昔話を集めた本に、たまたま出ていたんですよ。『花咲か爺さん』なんかといっしょにね」

「だけど滝じゃなくて、ちいさな流れって聞いて安心した」

「おや、どういうことですか」

「だって十丈の滝が全部お酒で、タダで呑めるとなると酒屋が真っ青になるよ」

誠がそう言ったので信吾も波乃も噴き出したが、ひとしきり笑うと波乃は真顔になった。

「正月向きのおめでたい芸って、考えてみると難しいわね」

「年明け早々のお座敷で、お客さんに三吉の『捨子行』を指定してせがまれたとする」

と、誠が言った。「お正月ですので恒例の『三番叟』をって押し切れなくもないけど、それじゃあまりにも芸がない」

芸人としては堪《こら》えられないだろうという意を汲んだからだろう、波乃は誠の口調を真《ま》似《ね》て言った。

「子を捨てる話は憚《はばか》られますので、三吉の芸で新作の」

言葉を遮ると誠は早口に言った。

「むにゃむにゃをご披露いたしますって、言いたいじゃないか」

相談に来たのに、自分が考えている新作の演題には触れたくないらしく、誠は言葉を濁した。

浅草寺の時の鐘が九ツ（正午）を告げたのは、そのときであった。

「おっといけない。夕方に座敷が掛かっているので、準備をしなければね」

「役に立てなくて申し訳なかった、誠さん」

信吾がそう言うと誠はおおきく手を振った。

「やはり来てよかったよ。来た甲斐《かい》はあったから」

「だけど『姨捨山』は先の話でしょ。お正月は目のまえに迫ってるじゃないですか」

「いや、お二人と話しているあいだに、正月用の芸の事であれこれ考えさせられたんだ。思い付いたこともいくつかあるから、なんとかなるだろう」と言ってから、誠は声をおおきくした。「三吉、帰るぞ」

障子の隙間から顔を見せた三吉を見て、波乃は噴き出してしまった。「どなたかお呼びですか」とでも言いたげな、惚《とぼ》けた顔をしていたからである。

信吾と波乃が誠と話しているあいだ、三吉はずっと波の上といたということだ。誠が左手で右肩を叩くと、三吉が駆け寄って飛び乗った。そのますっと立ちあがると、誠は障子を開けて沓脱石の草履を履いた。

「ほんじゃ、信さんに波乃さん。次に会えるのは年が明けてからになるが御達者《おたっしゃ》で。どうかいいお年を」

「誠さんも三吉もいいお年を」

誠はチラリと波の上を見た。波の上もやはりそうした。

誠の肩の上で向きを変えた三吉は、いつものようにじっと信吾と波乃を見た。ただちがうのは、ときおり波の上をチラリチラリと見たことだ。

波の上もじっと三吉を見あげている。どうやら新しい友になれたらしい。

四

「常吉がお腹《なか》を空《す》かしていると思うよ」

「すぐ用意しますね」

将棋客の多くは近所の人なので、時の鐘が九ツを告げると昼飯を食べに帰る。そうでない客は、飯屋か蕎麦屋《そばや》に食べに行くのだった。

信吾は将棋会所に出向いて、先に食べるようにと常吉を母屋に向かわせた。昼はお茶漬けと味噌汁《みそしる》、それに香の物、残り物や佃煮《つくだに》が付くくらいなので、すぐに用意できる。

「犬猿の仲って諺《ことわざ》がありますよね」

常吉と入れ替わって母屋に向かうと、いっしょに箱膳に向かいながら波乃が信吾に話し掛けた。犬猿の仲は、生まれたときからの敵《かたき》のように仲の悪い同士のことである。

「波の上と三吉が仲良くしていたので、びっくりしたみたいだな」

昼まえ、波乃はわずかに開けられた障子の隙間から、仲睦《なかむつ》まじい二匹を見ていた。そのときの驚きを信吾に話したのである。

長いあいだ互いに見詰めあっていたが、どうやら悪いやつではなさそうだとわかったらしい。そのうちに三吉は波の上に、そっと手を触れて引っこめることを何度か繰り返した。波の上は慎重に近付いて臭いを嗅いでいたが、おなじように鼻先を触れては引っこめる。繰り返すその時間が、少しずつ長くなってゆく。

最初は警戒していたが、何度か触れているうちに次第に親しみを抱くようになったのだろう。

「蚤取《のみと》りって言われているけど、お猿さんって両手で相手の毛を掻き分けて、なにかを探すような仕種《しぐさ》をするでしょう。三吉が波の上の背中でそれを始めたのだけど、まるで嫌がらないの。そのうちに波の上が三吉のあちこちを舐《な》め始めて」

「それを見せられたら、犬猿の仲ってなんだろうと思わずにいられないよね。諺は犬や猿に関係なく、人が勝手に作ったものだから」

「犬は人の傍《そば》にいて猿は山にいるから、そんなに顔をあわせることはないでしょう。一体だれが犬猿の仲なんて諺を作ったのかしら」

「諺はいつの間にか自然に生まれるものだから、だれが作ったとは言えない。だけど、よほど印象に残ることがあったんだろうね」

「例えば」

「猟師が猟犬を連れて山に狩りに行くと、猿は縄張りを荒らしに来たと思って追い払おうとする。猿は群れで動いているから、何匹もが木の枝を揺さぶりながら、牙を剝《む》き出《だ》してキーキーと喚くんだよ。すると犬も負けてないで激しく吠え掛かる。猿は本当は人を追い返そうとしているのだけど、猿と犬が喚きあうものだから、それを見た人はひどく仲が悪いと思ったんじゃないかな」

「きっとそうだと思います」

「干支《えと》の順番のせいだ、とも言われているけどね」

「干支ですか。……犬も猿も入ってますね」

「波の上と三吉のように、犬と猿はもとはひどく仲が良かったそうだよ」

「だったら、なにがきっかけで犬猿の仲になったのでしょう」

「神さまが十二支の順番を決めるために、動物たちを呼び集めたことがあってね。先着順にすると言っておいたそうだ。猿と犬は連れ立って出掛けたけれど、到着の直前に猿がちょっと悪戯《いたずら》して自分が先に着くようにした。それからというもの、犬は恨みに思って、猿を見たら吠え掛かるそうだ」

波乃が黙ったのは、干支の順番を数えていたらしい。

「猿は九番目で犬は十一番目だわ」

「多分、だれかがあとから考えた、いかにもそれらしいこじつけだと思うけどね」

「あたし、波の上と三吉のように仲がいいのを、犬猿の仲だと思うことにします。笑われるから、人には言えないけれど」

昼食を終えて茶を呑みながらの話も一段落付いたので、信吾は将棋会所にもどった。

すでに午後の対局が始まっていた。空いている席に坐ると、信吾は懐から「将棋上達法」の手控え帳を取り出した。書肆《しょし》「耕人堂《こうじんどう》」の若き番頭の志吾郎《しごろう》に頼まれたのだが、すでに追いこみに入っていた。

手控え帳を開いて目を通すまえになにげなく対局者を見ると、甚兵衛が平吉《へいきち》と盤を挟んでいた。角行を抜いた駒落ち戦で、三段程度の差があるときに用いられる。平吉が腕を組んで盤面を睨《にら》みつけているとなると、駒落ち戦でも苦戦しているのだろう。一方の甚兵衛は悠然と構えていた。

「人を喰《く》ったって話なんですが」

大抵は無言で対局しているが、たまに訳のわからないことをつぶやいたり、良手や悪手を指したときに呻《うめ》いたり奇声を発する者がいる。苦しくなったとき、相手の調子を狂わせ、戸惑わせるようなことを口にする者もいた。

平吉はおそらくそれだったのだろうが、声がおおきかったので、だれもが顔をあげてまじまじと見たほどだ。しかし、それくらいで動じる甚兵衛ではない。

「そうですか。味はいかがでした」

思ってもいなかったらしく、平吉は言葉に詰まってしまった。しかしそのままにしておけないので、しばらくしてちいさな声で答えたのである。

「てまえのことではありませんよ」

「失礼しました。つい」

そこで切って続きを言わないので、平吉はますます困惑したようだ。

「まずかったってだけの話なんですが」

甚兵衛が「それで」とでも問えば、軽く受けて笑いを誘うつもりだったのだろうが、すっかり裏目に出てしまったのである。

お蔭《かげ》で場はすっかり白けてしまった。

「そう言えば魚は食べますが、獣《けもの》の肉を口にすることはありませんな」

ポツリと洩《も》らしたのは素七《そしち》である。五十歳をそれほどすぎていないのに、顔中が縮緬《ちりめん》皺《じわ》に覆われた男だ。還暦どころか、古稀《こき》かそれ以上に見えることさえあった。

「いいえ、獣は食べておりますよ」と、物識りを自認している島造《しまぞう》が言った。「もっとも獣の名は出さずに、うまく言い換えてはおりますがな。鹿がモミジ、猪《いのしし》がヤマクジラあるいはボタン、馬がサクラ、鶏《とり》がカシワ」

島造に言い返されて素七は首を振った。

「カシワを食べることはありますが、あれは獣ではないでしょう」

だが島造も負けてはいない。

「カシワだけでなくボタンやモミジ、つまり猪や鹿の肉ですが、そっちは食べているのではないですか」

「それは薬喰いと言って、病人が薬になるという口実で食べますけど」

「お江戸は犬公方《いぬくぼう》さまのお膝元だったので、獣を食べないことがかなり徹底しているようですね。田舎ではおおっぴらにではないですが、けっこう食べておるそうです」

そう言ったのは、ときどき顔を見せる勝吉《かつきち》であった。

勝吉の言った犬公方さまとは徳川《とくがわ》の五代将軍綱吉《つなよし》で、のちに「生類憐《しょうるいあわれ》みの令」と呼ばれるようになった、さまざまなお触れを出したことで知られている。生き物の殺生を禁じ、自分が戌年《いぬどし》生まれということもあって、特に犬の愛護に対しては厳しかった。

そこで話は途絶えたが、勝吉がポツリと洩らした。

「犬を喰った人は、犬にはすぐにわかるそうです」

何人もが「えッ」と声を挙げ、だれもが驚き顔を勝吉に向けた。あまりの反応に勝吉は困惑顔になった。

五

「わたしの祖父は、下野国《しもつけのくに》の那須《なす》の少し南の村の出でしてね。貧乏百姓の次男坊でしたから、田舎にいては喰っていけないと、奮起して江戸に出たそうです」

話の流れから勝吉は、身内の話を語ることになってしまった。

「それが十六歳のことで、知りあいを頼って商家に奉公することになりました。奉公とお礼奉公を終えると身を粉にして働き、ただひたすらに金を貯《た》めたそうです。四十歳になってちいさいながら自分の見世を持ち、妻を娶《めと》ってやがてわたしの父が生まれました。祖父も父もまじめな男で、酒も莨《タバコ》もやらない。遊郭どころか芝居や寄席にも足を向けず、博奕《ばくち》なんかはもってのほかです」

「それで勝吉さんも、まじめ一本鎗《いっぽんやり》の堅物になったってことなのですね」

甚兵衛は軽い皮肉をこめて言ったようだが、勝吉はまじめに受け止めた。

「自分で言うのもなんですが、遊んだことはまずありません。人生でたった一つの愉《たの》しみが、この」と、勝吉は駒の一枚を摘《つま》みあげた。「将棋でしてね」

「わかりました。まさに堅物と言うしかありませんが、それにしてもいい趣味をお持ちですね」

笑いが起きたのは、将棋をいい趣味と言ったからだろう。甚兵衛は、客たちの笑いが鎮まるのを待ってから言った。

「では犬を喰った人が、犬にはわかるという話の続きを願いましょうか」

うながされた勝吉は、真顔にもどって語り始めた。

「祖父の何代かまえに、ひどい飢饉《ききん》に見舞われたことがあったそうでしてね。米、麦、粟《あわ》、稗《ひえ》、豆の類、つまり五穀を食べ尽くしてしまった。ともかく飢えをしのぐため、魚でも鳥でも捕らえられるものはなんでも捕らえて食べたと言っていました。果物を食べ終えると種を砕いて、わずかな実であろうとほじくり出して食べたそうです。何代も続けて江戸にお住まいの方には信じられないでしょうが、鼠《ねずみ》や蛙《かえる》、蛇、イナゴやバッタ、ともかくなんでも喰うしかなかったそうでしてね。生き物がいなくなると、草木の茎や葉っぱに齧《かぶ》り付いて汁を吸い、とにもかくにも、あらゆることをやったということです」

食べられる物は食べ尽くし、来年の種籾《たねもみ》さえとっくに腹に納まって、あとは飢え死にするしかないと覚悟したそうだ。そのとき怪我《けが》をした犬を見付けたのである。

どうせ苦しんで死ぬしかないなら、少しでも早く楽にしてやろうと思ったとのことだが、それは体のいい言い訳で、ともかく食べたくて仕方なかったのである。犬を殺して肉を火で炙《あぶ》り、醬油《しょうゆ》はおろか塩さえないので、そのまま骨付きの肉にかぶりついた。

犬と人は長いあいだ助けあって生きて来たので、いかに怪我をしていようと殺すことにためらいがあったし、殺したあとはひどい後悔に苛《さいな》まれた。だが一度殺して食べてしまうと、なにもかもが変わってしまったのである。躊躇《ためら》いも後悔もどこ吹く風であった。

「それからは犬でも猫でも、捕らえることができれば殺して食べ、お蔭でなんとか死なずにすんだそうです。ところが肉を喰ってからというもの、なかなか犬を捕まえることができなくなったそうでしてね。野良犬はもちろん飼い犬でも、いくら甘い声と言葉で呼び寄せようとしても近付きもしない。尾を股座《またぐら》に挟んで、怯《おび》え切った目で見て逃げてしまう。逃げられないときでも、決して二間（約三・六メートル）以内に寄ろうとしなかったそうです」

犬を喰っていない者が呼ぶと警戒もせずに、尻尾を振りながら傍へ行く。犬は勝吉の先祖が犬を喰っているのを見てはいない。喰ったことを知っているはずがないのに、なぜかわかるらしいのだ。

「犬を喰えば息か汗、あるいは体から証拠の臭いが洩れ出すのでしょうかね。鼻が飛びっきりいい犬はわずかな臭いにも、仲間を喰った人間だとわかるのだと思いますよ」

なるほどそうかもしれないと、かなりの人がうなずいた。となると島造はおもしろくないのだろう、さっそく蘊蓄《うんちく》を傾け始めた。

「唐土《もろこし》の古い本草《ほんぞう》の書では犬を用途、つまり用い方によって三種に分けておるとのことだ」

将棋客たちは好奇心を掻き立てられたのだろう、一体どういうことですかとでも言いたげに、多くの目が島造に注がれた。

「その一を田の犬と書いて田犬《でんけん》と呼ぶ。猟犬、細犬《さいけん》とも言うが、吻《くちさき》が細くなった狩猟用の犬だ。二つ目は吠える犬と書いて、ハイケンまたはバイケンと読む。守犬《しゅけん》、畜犬《ちくけん》、家《か》犬《けん》とも言う。守る犬、畜《たくわ》える犬、家の犬と書くが要するに番犬だ。こいつは吻が短い。三番目が食犬《しょくけん》で、文字通り食べるための犬だな。こいつは肥え太って肉がたっぷり」

「えッ」と驚く大勢の声に、島造は満足そうにうなずいた。

「あちらでは、食べるための犬を飼い育てていたってことだ。犬肉《けんにく》つまり犬の肉は五労七傷を治すとある。五労とは、見すぎ、寝すぎ、坐りすぎ、立ちすぎ、歩きすぎの五つの過労を指す。唐土の最古の医学の書『黄帝内経《こうていだいけい》 素問《そもん》』に書かれているが、見すぎは血を、長時間横たわると気を、坐りすぎは筋と肉を、立ちすぎは骨を、歩きすぎは腱《けん》を傷付けるとある」

「なるほど五労ですか」と、桝屋《ますや》良作《りようさく》は指折った。「すると七傷は」

「七つの傷と書くが、七情を傷付けることだ。七情とは怒、喜、思、憂、悲、恐、驚で、怒り、喜び、思い、憂い、悲しみ、恐れ、驚きだな。だれにもある感情だが、すぎてはいかんということだ」

だれもがわからないという顔をしているので島造は説明した。

怒りすぎは肝臓、過度な喜びは心臓、思い悩みがすぎると脾臓《ひぞう》、憂い心配しすぎるとこれも脾臓、悲しみがひどいと肺腑《はいふ》、恐れすぎと驚きすぎはともに腎臓を傷付ける。

「犬肉つまり犬の肉は五労七傷を治すが、血抜きをしたものは効果が薄いそうだから、これから食される方はくれぐれも血抜きはせぬように」

何人もが驚いたか気味悪がったかして、首をブルブルと振ったのを見、島造は満足げに笑った。

「ところでどんな犬に五労七傷を治す効果があるかというと、黄犬《こうけん》というから黄色ないしは薄茶色をした犬だな。黒犬と白犬、それに斑《ぶち》は黄犬より効果が薄いそうだから、これから食される方は頭に入れておけばよろしい」

思いもしない方向に話が進んだので、だれもが煙に捲《ま》かれたような顔をしていた。それを見て島造はにやりと笑った。

「ここで勝吉さんの言ったことが問題になるのだ。犬を喰った人に犬は気付くとのことだが、となると三つ目の食犬は飼い主に近付かぬのではないのか。ぷんぷん臭うだろうからな。いざ料理屋に売ろうとしても、捕まえることができん」

いかにももっともな、理の通った言い方だと思ったからだろう、だれもがうなずいた。

しかし信吾は矛盾に気付いた。

「それはおかしいですよ。島造さんらしくありませんね」

自信たっぷりに信吾が言うと、島造は片眉を吊《つ》りあげた。

「拙《せつ》らしくない、と。穏やかではありませんな。ことと場合によっては、いかに席亭であろうと只《ただ》ではすみませんぞ」

「もちろん非があれば謝ります。三番目の食犬は、文字通り食べるための犬だとおっしゃいました。ということは料理屋などに売るための、商品ということでしょう」

途中で島造は自分の言いまちがいに気付いたようなので、信吾は「金になる商品を食べる飼い主はいませんよ」とは続けなかった。

「いずれにせよ唐土では、料理屋で喰わせる犬を飼い育てておったということだ」

「わが邦《くに》でも、昔は犬を食べていたのでしょうか」

そう訊《き》いたのは、身を持ち崩した旗本の次男か三男だとの噂の夢道《むどう》であった。だがすぐに「あッ」と声を挙げた。

「犬公方さまの禁令が次々と出されたということは、人が犬だけでなく獣を喰っていたからなのですね」

「そういうことだ。犬公方さま御在職の四十年ほどまえに出た『料理物語』には、犬の料理法が書かれておる。その手の本が出るくらいだから、昔は大っぴらに犬を喰っていたってことだ。生類憐みの令以後はひそひそと、あるいは薬喰いなどと言い訳しながらになってしまったがな」

せっかく知識を披露したのに、聞き手がそれほど感心していないのがわかったからだろう。島造はそう言って話を切りあげた。

「勝吉さんの驚くべきと申しますか、思いもしなかったお話と、物識りな島造さんの唐土の本に書かれたことの解説で、楽しいひと時をすごせました」と、信吾は客たちを見渡した。「時刻は八ツ半（三時）となり、午後の半分はすぎてしまいましたよ。お忘れの方がいらっしゃるので、ときどき申さねばなりませんが、ここは将棋会所でございます。お帰りのお時間まで、どうか対局をお楽しみいただきたいと思います」

信吾は空いている席に坐って手控え帳を取り出したが、勝吉と島造の話のあれこれが蘇《よみがえ》って、字面を追っているだけになった。

それにしても勝吉の話には度肝を抜かれたが、波の上と三吉が手探り状態から仲良しになったのを見た波乃には、とても勝吉の話はできない。波の上と三吉の関係こそ本当の犬猿の仲だと思っている波乃に、犬を喰った人に犬が怯えて近付かない話などできる訳がなかった。

六

将棋客たちが帰ると、信吾と常吉は将棋の盤と駒を拭《ふ》き浄《きよ》め、欠けた駒がないかどうかを確認した。

それがすむと庭に出て常吉は棒術を、信吾は木刀の素振りと鎖双棍《くさりそうこん》の組みあわせ技の鍛錬をおこなう。そのあとで信吾は、常吉に柔術の組み手を教えるのだ。

それから二人で湯屋に出掛けて汗を流し、もどると波乃が夕ご飯の用意をして待っている。晩春から初秋にかけては朝風呂に浸《つ》かり、鍛錬のあとは行水で汗を流して体を浄めることにしていた。

将棋会所は七ツ（四時）前後になると、勝負の着いた客は帰って行く。その日は一組だけが残っていた。終盤に入っていたので指し掛けにせず、その日のうちに決着をつけたかったのだろう。多少薄暗くなっても行灯《あんどん》を点《つ》けるほどではなかったので、二人は障子の近くに盤を移動して勝負を続行していた。

信吾が庭に出ると波の上がやって来たので、つい気になっていたことを訊いてしまう。

——一体、どんな話をしたんだ。

——なんのことだい。

——三吉と仲良しになって、あれこれ話していただろう。

——なんだよ、サンキチって。

波の上のお惚けかと思ったが、目を見る限りそうではないのがわかった。

——猿の三吉だが。まさかあのときのことを忘れたんじゃないだろうな。耄碌《もうろく》するにはちょっと早くないかい。

思いもしないことを信吾に言われたからだろう、波の上は戸惑い顔になり、少し考えてから言った。

——猿の三吉って、あの皺だらけの顔をしたやつかい。

その瞬間、すべてが自分の思いこみにすぎなかったことに信吾は気付いた。昼まえに対面した波の上と三吉のようすからして、信吾はすっかり気持が通じあったものだと思いこんでいたのである。だがそうではなかった。となると最初から、順を踏まなければならない。

——あいつは猿という生き物で、名前は三吉だ。おまえの名前を波の上と言うのとおなじで三吉と言う。おれはてっきり、波の上は三吉とあれこれ話したと思っていたんだよ。

——言葉が通じないのに、話せる訳がないじゃないか。

——言葉はわからなくても、思いは通じていると思っていたんだが。

——信吾さんよ。無茶を言わないでくれよ。言葉がわからなけりゃ気持が通じる訳がないのは、子供にだってわかりそうじゃないか。

——いやすまない。おれと波の上が話せて心が通じあうのだから、波の上と三吉もおそらくそうだと思っていたんだ。しかし心が通じないにしては、随分と仲睦まじかったじゃないか。

——人は言葉に頼りすぎる。おれたちゃ、ただ相手を見ているんだよ。見損なうと、酷い目に遭うのは自分だからな。

考えてみれば、犬と猫と信吾が遣り取りしたことはこれまでなかったのだ。もしそういう機会があれば、信吾と猫の対話を犬は理解できないし、その逆もおなじで、猫と犬が気持を通じあえぬこと、相手の言葉が理解できないことがわかったはずである。

信吾は五、六歳から動物と話せるようになったが、動物同士が話せないことに気付いていなかった。自分が動物と話せるように、動物同士も話せると思いこんでいたのである。

それでも気付いてよかったと信吾は思った。場合によってはもっと先、もしかすると生涯気付けぬかもしれなかったのである。

――波の上、さあ。

――なんだよ、猫撫《ねこな》で声なんか出して。おれは犬だぜ。

――いつになるかわからないけど、次に三吉と会うときに通辞してやろうと思ってね。

――ツウジってなんだ。

――ちがう言葉を話す者同士のあいだで、言葉が通じるようにする役のことだ。おれは波の上と話せるが、三吉にはその遣り取りがわからない。だから波の上がなにを話したかを三吉に伝える。

――信吾が三吉と話して、三吉がなにを話したかをおれに教えるってことだな。

――さすがだな。波の上は頭がいい。……なんだよ、その目は。それは疑いの目ってやつだぞ。

――調子が良すぎるからよ。うまい口は疑ってかかれって言うからね。

――どういうことだい。

――信吾が悪戯心でおれの言ったことを、そのまま伝えないってこともあるからな。

――どういうことだ。なにを言いたいのかわからないよ。

――例えばおれが三吉のことを褒めているのに、信吾が正直に伝えないことだってある。顔が皺だらけなのは、若ぶってはいても本当はけっこうな齢なんだとか。

——波の上は、おれをそういう目で見ていたのか。

——カッカすんなって。例えばってことで言っただけだから。ちょっとした冗談だってことくらいわかるだろう。おれは信吾を信じているからな。

ムキになっては恥の上塗りである。

——三吉と会えるのは先になるだろうから、そのまえに波乃を相手に通辞をやってみようと思うんだが。

——どういうことだ。信吾は自分がわかっているから気楽に喋《しゃべ》るが、こっちにはわかっているとはかぎらないんだぜ。

——波乃は三吉とおなじだから、波の上が言ってることはわからない。三吉が言っていることもわからない。だから。

——信吾がその、通辞ってのをやるってことかい。

——いいと思うんだがな。ともかく波乃は波の上と、それに三吉と話したくてたまらないのだよ。まあそのうちに、波乃も波の上や三吉と喋れるようになるかもしれないけどね。そのまえに、波の上と波乃の通辞をしてやろうと思うんだ。

話に飛び付くと思っていたが、波の上は少し考えてから言った。

——それはいいが常吉が僻《ひが》みやしないか。

なんと波の上には、自分の世話係の気持を慮《おもんぱか》る余裕があったのだ。

――おれが生き物と話せることは、おれと話した生き物しか知らない。人では波乃だけなんだよ。これはちょっとしたというか、かなりな秘密だから、波乃のほかには知られたくないんだ。

――わかった。ほんじゃ常吉がいなくて、波乃さんと信吾とおれだけのときにしよう。

それはいいが、波乃にはさんを付けながら、信吾を呼び捨てはひどいではないか。


その夜の食事のあとで、信吾は通辞の話を波乃に打ち明けた。信吾を通じて自分が三吉や波の上と話せると知って、波乃はどれほど驚きよろこんだことか。

「そんなすばらしいことを、なぜもっと早く気付かなかったのかしら」

そう言った波乃は、輝かせた顔をすぐに蔭らせてしまった。

「信吾さんが三吉と話せることは、誠さんは知りませんよね」

「もちろん」

「三吉と誠さんはいつもいっしょよ。それなのに信吾さんがあたしと三吉の、場合によっては波の上を含めてその通辞をするなんて、とてもできないでしょう」

波乃の言うとおりであった。誠のいるところで三吉の話したことを波乃に伝えたら、果たしてどうなるだろうか。誠は三吉の主人でありながら、自分だけ蚊帳の外に置かれるのである。とてものこと耐えられないだろう。だからと言って三吉だけに、黒船町《くろふねちょう》の借家に来てもらうことなどできる訳がない。

「だったら事実を打ち明けて、誠さんも抱きこむしかないか」

「でも、信吾さんが三吉と話せることを、これまで誠さんに隠していたことになりますよ。誠さんにすれば、気分を悪くしないでいられないでしょうね」

「たしかにそうだな。なにかいい方法はないだろうか」

「近いうちに誠さんと三吉が、お正月用のお祝い芸を見せてくれますよね」

「ああ、楽しみにしているのだが」

「あたしたちが思い付くこともできない演目で、きっと話が盛りあがると思うの。そのときに打ち明ければ、誠さんも怒るに怒れないでしょう」

「三吉と誠さんのことは、お祝い芸までに考えよう。そのまえに、波の上と波乃の通辞をやってあげるよ」

「まあうれしい」

「だけど、それだって意外と難しい」

「あら、どうしてですか。三吉の場合と較べたら、ずっと簡単だと思いますけど」

「人に気付かれちゃならないからね。あの二人大丈夫かしら、なんて変な噂が立ってしまう。一番たいへんなのは、常吉に内緒にしなければならないことだな。わたしと波乃が波の上と話しているのを知ったら、押上《おしあげ》村に帰らせていただきますと言いかねない」

新玉の

人によってかなり差があるようで、波乃の腹はまだそれほど目立たない。言われてみると、そうかと思うくらいの膨らみである。

だが五ヶ月目となった戌《いぬ》の日に、安産で知られる犬にあやかり、岩田帯を巻いて腹帯の祝いをした。

一

その日、大黒柱の鈴が二度鳴って来客を告げたので信吾が母屋にもどると、八畳間で波乃が母親のヨネと話していた。供の女中モトが、少し離れて静かに控えている。モトは急な話で波乃が信吾に嫁いだとき、半年間付きっ切りで世話をしながら料理を教えたほど、ヨネが信頼している女中であった。

「母さんがね、岩田帯を持って来てくださったの」

「今日は戌の日ですから、巻き終わったらお参りをしようと思います。信吾さんのご都合はいかがかしら」

「仕事が入らなければ、ごいっしょするつもりです」

腹帯は水天宮や八王子《はちおうじ》の子安神社に参拝すれば授与されるそうだが、波乃の場合は母ヨネのお手製であった。黒糸で力強く「安産祈願」、その横に赤糸でおおきく「壽《ことぶき》」と刺繍《ししゆう》されていた。ヨネが二枚用意したのは、こまめに洗って清潔に保ちなさいとのことだろう。

世の母親はだれもがそうだが、ヨネは娘の安産を願い、ひと針ひと針に心を籠めたにちがいない。壽は字画が多いので、随分と手間が掛かったはずだ。刺繍を施した赤糸には、魔除《まよ》けの意味もある。

「とても柔らかくて、それに暖かいわ」

そっと表面を撫《な》でた波乃は、思わず声に出していた。なんとも心地よい手触りで、いつまでも撫でていたくなるほどだ。

「一番上等な木綿ですから、肌理《きめ》が細かいのよ」

「花江《はなえ》姉さんのときも、母さんが巻いてあげたのでしょう」

「そうよ」

「なにかおおきな、おおきくなくてもいいのだけど、ちがいはありましたか、姉さんとあたしの」

「花江はあのような体つきだから、お腹《なか》が目立つようになるのが早かったわ。帯祝いのころには、かなりおおきくなっていましたよ。波乃はあまり目立たないけれどね」

花江は体が華奢《きやしや》なこともあって早くから目立ったとのことだが、早産したのも体つきのためかもしれなかった。その点、波乃は幅も厚みもあるしっかりした腰をしているので、早産の心配はしなくていいのではないだろうか。

さっそく腹に巻くことになったが、ヨネは手際よく進めた。

「次からは自分一人で巻かなければならないのだから、ちゃんと憶《おぼ》えるのですよ。波乃の体だけでなく赤さんを守るためですからね」

「あら、なにがおかしいの」

波乃がそう訊《き》いたのは、ヨネが笑いを洩《も》らしたような気がしたからだ。

「おなじ親から生まれながら、花江と波乃はなにからなにまでちがうものね。花江はどちらかと言えばあたしに似て、波乃は父さんに似たのかしら」

「女の子は父親に似て、男の子は母親に似るって言いますよ」

「花江が父さんの血をあまり引かなかったので、波乃が二人分をもらったのかもしれないわね」

「おなじ親の血を引きながらまるでちがうなんて、なんだかふしぎね」

容貌の面からも二人は姉妹とは思えぬほどちがう印象を与えた。花江は瓜実顔《うりざねがお》で、卵に目鼻を描いたような、雛人形《ひなにんぎよう》に似たおとなしい顔である。一方の波乃は眉や目、鼻や唇の輪郭がはっきりし、全体が生き生きとしてふくよかさと爽やかさを併せ持っていた。

さらに言えば、花江の声はどちらかと言えば甲高いが、波乃は女性としてはかなり低めであった。

帯は二つ折りにして袋状になった折り目を下にし、腹を持ちあげるようにしながら巻いてゆく。ひと廻《まわ》りすると上方向に折り曲げてさらにひと廻りして、三周で最後の部分を三角に折って帯に挟めば、安定して緩まないとのことだ。

ヨネは一度巻いた腹帯を解いて、初めからやり直して見せた。波乃にしっかり憶えさせるためだろう。

なにもかもうまくゆくから安心なさいとでも言うように、ヨネは娘の腹に巻かれた岩田帯をポンポンと軽く叩《たた》いた。

「それから底抜け柄杓《ひしゃく》を奉納しておきましたから、これで安心よ。安産まちがいなし」

「底抜け柄杓って」

知らなくても仕方ないわね、とでも言いたそうな顔でヨネは娘を見た。

「底なし柄杓とも言うけれど、底板がないので水がすっと抜けてしまう。お産が軽いようにとのおまじないですよ」

波乃もそうだろうが、信吾にとってはなにもかも初耳である。

ヨネが波乃と信吾に、半々くらいの割合で言った。

「お腹を見るかぎり、まだ男の子か女の子かわからないわね」

ヨネは腹帯を巻きながら実感したのだろう。

「当たりまえじゃないですか。生まれてみなければ、男か女かわかる訳がないでしょう」

信吾がそう言うとヨネは首を横に振った。

「憶えておくと二人目のとき役に立ちますよ。腹の子が男の子だと、お腹はまえに迫《せ》り出しますからね」

「男の子だけでなく、女の子だってまえに迫り出しますよ」

「当たりまえでしょ」と、ヨネはおかしそうに笑った。「凹《へこ》む訳がないですからね。そうじゃなくて、男の子だと弓なりにまえに迫り出し、女の子は横に拡《ひろ》がったように見えるの。よく注意しないと、わからないくらいではあるけれど」

「すると花江姉さんは、まえに弓なりに張り出していたのね。先に教えてもらっていたら、じっくりと見ておいたのに」

花江と波乃だけでなく、母のヨネも祖母も男兄弟に恵まれなかった。浅草阿部川町《あべかわちょう》の楽器商「春秋堂《しゅんじゅうどう》」は、姉妹ばかりが三代も続いた家系なのだ。

ところが花江と滝次郎《たきじろう》のあいだに生まれたのは男の子だったので、善次郎《ぜんじろう》とヨネがどれほど喜んだことか。「長男よ、元気に育つのだぞ」と、元太郎《げんたろう》と名付けられた。

「花江はどちらかといえば蒲柳《ほりゅう》の質で、腰も細めだったからどうしても目立ったわね。弓なりにまえへというより、全体がとてもおおきく見えたわ。だからあたしも判断できなくてね。もしかしたら男の子かしら、でも三代も女の子ばかりだったからって。まえに出ているようにも、横に張っているようにも見えたから」

「産婆さんはなんておっしゃったの」

「男の子だと思うけど、糠喜《ぬかよろこ》びさせちゃ気の毒だから半々と見ておきなさいって。女の子が続いているのを知っているだけに、産婆さんもうっかりしたことを言えなかったのでしょうね」

そのとき大黒柱の鈴が二度鳴った。対局希望者が来たと、小僧の常吉が報《しら》せてきたのである。

「仕事が入りました。駕籠《かご》を呼びに小僧を走らせますので、義母《おかあ》さん、お参りのことはよろしく願います」

信吾はヨネにあとを頼んで、将棋会所にもどった。

二

古くからの浅草の住人は、日本橋《にほんばし》や神田《かんだ》方面に行くことを「江戸に出る」と言う。金龍山浅草寺や待乳山聖天《まっちやましょうでん》を中心に栄えた浅草には歴史と由緒があって、あとからできた江戸とは格がちがうとの思いが強いからだ。

「大江戸だ、将軍さまのお膝元だと威張っているけれど、もとはと言えばちっちゃな漁師村だからね」とか、「あちこちから出稼ぎに来た田舎者が住み着いた町で、まだ二百年そこそこじゃないか。その点、浅草はできて千年以上経《た》っているもの」などと、江戸を小馬鹿にしたように言うお年寄りが、今でもいるくらいであった。菩提寺《ぼだいじ》があっても、ほとんどの人が初詣は浅草寺に出掛けるのはそのためだろう。

大晦日《おおみそか》の夜、信吾と波乃は東仲町《ひがしなかちょう》の宮戸屋に出向いた。毎年そうしているが両親と祖母、そして弟といっしょに、弁天山の除夜の鐘を聞きながら年越し蕎麦《そば》を食べるためである。

それから家族揃《そろ》って浅草寺に詣でた。

雑踏と言うしかないたいへんな人出で、まるで身動きが取れない。空気の澄み切った寒空だというのに、行列の上が白っぽく霞《かす》んだように見えるのは、熱気か、それとも人々の吐く息のためだろうか。

信吾たちはうしろから押されながら、半歩か一歩ずつ小刻みにまえに進むしかなかった。信吾は何度も、「大丈夫か」とか「辛《つら》くなったら言うんだよ」と波乃に訊いた。波乃は「これくらいでおたおたしていたら、元気な赤さんは産めませんから」と笑って答えたが、信吾はむりに元気そうに見せているのではないかと、気になったほどだ。おかげで参拝を終えて宮戸屋に帰り着いたのは、八ツ（二時）を半刻《はんとき》（約一時間）もすぎてからである。

家族だけの年越しということもあって、小僧の常吉は本所押上《ほんじょう》の親元に帰しておいた。初詣を終えた信吾と波乃は、黒船町の借家には帰らず宮戸屋に泊めてもらったのである。

元日の朝は六ツ（六時）の鐘とともに起きたが、気が張っているせいか寝不足だとは感じなかった。顔を洗うと、初詣のまえに汲《く》み置いた若水で口を漱《すす》ぎ、家族揃って雑煮とおせち料理で新年を祝ったのである。

「明けましておめでとうございます」

正右衛門《しょうえもん》の新年の挨拶に、全員が「明けましておめでとうございます」と唱和した。

「家族のだれもが健やかに元旦を迎えることができて、これほどありがたいことはありません。さらに三月には宮戸屋を継ぐ正吾《しょうご》が嫁を迎え、五月には信吾と波乃さんの子も生まれます。わたしと繁《しげ》にとっては初孫、母さんにとっては初曽孫《ひまご》ですからね」

「これであたしゃめでたく隠居できる訳だ」

祖母の咲江《さきえ》がそう言うと、正右衛門は首を何度も横に振った。

「そうは参りませんよ。若女将《わかおかみ》になる恵美《えみ》さんに、教えてもらいませんことには」

「それは女将の、繁さんの役目じゃないか」

繁がすまし顔で受け流した。

「あたしは女将と大女将に、手を取り足を取りして教えていただきました。ですから恵美さんも、義母《かあ》さんとごいっしょに願います。あの人は頭も良さそうだし勘も鋭いから、憶えるのは早いと思いますよ」

「はいはい、わかりました。だけどここではっきり言っておきますよ。正右衛門が大旦那になって繁が大女将になれば、正吾が旦那で恵美さんが女将ですから、そんときにはあたしゃ隠居させてもらうからね」

わかりましたというふうに、うなずいてから正右衛門は言った。

「正吾が二十歳《はたち》になりましたから、二十五、遅くとも二十八歳には宮戸屋を任せます。母さんもそのころには、料理屋の客席には出るにはむりな体になっていますよ。孫の世話をするのだけが楽しみの、いい婆《ばあ》さんでしょうから」

「正月早々、母親に憎まれ口を叩く息子が、どこの世界におりますか」

老いた母といい齢《とし》をした倅《せがれ》の遣《や》り取《と》りに、その場は笑いに包まれた。

「兄さんに義姉《ねえ》さん。もう、子供の名前は決めましたか」

正吾に訊かれて、信吾と波乃は顔を見あわせた。

「だってずっと先じゃないか」

「五月でしょ。あっという間ですよ」

「男か女かわからないのだから、付けようがないだろう」

「当たりまえでしょ。よほど腕のいい占い師でなけりゃ、男か女かわかりませんよ。だからどちらが生まれてもいいように、準備しておくそうです、名前の候補を考えてね。男の子でも女の子でもいいように、それぞれ三つくらいは」

　両親と祖母は兄弟がどんな遣り取りをするかをおもしろがってか、まるで口を挟もうとしない。正吾が焦《じ》れたように続けた。

「男の子なら親しい人の一文字をもらうとか、元気な、あるいは利口な、人の上に立てる人になってもらいたいと、そういう文字と組みあわせるでしょう。女の子なら、美しいとか優しい、お淑《しと》やかなどの雰囲気の出る字をね」

「正吾は恵美さんとの子供の名前を、もう決めてるのか」

「よしてください、まだ式も挙げていないのに。それより兄さんたちの子供が生まれるのは、目のまえに迫っているのですよ」

　兄弟でなにをもたもたやっているのだ、とでも言いたげに正右衛門が割りこんだ。

「巌哲《がんてつ》和尚に名付け親になってもらいたいなら、頼んでやってもいいぞ。信吾も正吾も和尚に名を付けてもらったのだからな」

「待ってくださいよ。わたしだって考えていない訳ではありませんから」

実は信吾は考えてはいたが、まだ波乃には話していなかった。信吾と波乃の名前を数字で表して、それを組みあわせようと思っていたのである。

波乃のナミから七と三。信吾のゴから五。それを組みあわせて七五三。漢字で三文字、読みは二文字で「しめ」であった。

女の子ならそのまま七五三で、「しめ」と読ませるつもりだ。男の子なら七五三に一を加えて七五三一で、読みは「しめかず」か「しめいち」。漢字四文字に読みも四文字で釣りあいが取れている。縦に書くと、下から上へ数字が二つずつ増えてゆくのでとても縁起がいい。

ただこれは手習所時代から、竹馬の友ならぬ竹輪の友と言葉遊びに興じたせいかもしれない、という気がしないでもなかった。語呂あわせや四字熟語ならぬ八字熟語、上から読んでも下から読んでもおなじ回文、そんなことを楽しんでいたせいだという気がするのである。

波乃はおもしろがってくれると思うが、事が自分の子供の名前に関するだけに、首を縦に振るかどうかはわからなかった。

「お正月なのだから、その辺までにしておきましょう」と、繁が言った。「波乃さんは、つわりは軽くすんだみたいだけど、その後も特に問題はないのでしょう」

「姉の花江は軽かったそうですが、あたしもほとんど苦しまずにすみました。子を宿して三月目前後には炊きあがったご飯を櫃《ひつ》に移すときなどに、立ち昇る湯気にムッとなりましたけれど、それくらいですみましたから」

「近くに住んでいるのだから、なにかあったら遠慮せずに、すぐ声を掛けなさいね」

「はい。義母さま。ありがとうございます」

そのようにして、新玉《あらたま》の春は明けたのであった。


悩める人、困った人のために信吾と波乃が営む相談屋は、年中無休で受け付けている。苦しみや悩みは、いつ襲ってくるかわからないからだ。しかしさすがに三が日は一人も相談客はなく、伝言箱に相談に乗ってもらいたいと書かれた紙片が入れられることもなかった。

一方、信吾と波乃の実家のあるじ、宮戸屋の正右衛門と春秋堂の善次郎は多忙を極めた。二日と三日は年始に廻り、また挨拶を受けねばならないので、朝から夕刻までほとんど時間が取れなかったのである。そのため両家の新年の顔合わせは、二日の夜六ツからおこなわれた。その席で宮戸屋の正吾と、福井町《ふくいちょう》の老舗袋物商「外村屋《とむらや》」の次女恵美が、三月の吉日に挙式することが春秋堂の面々に披露されたのである。

相談屋と将棋会所は品物を扱う訳ではないので、売買や取引とは関係がない。だから挨拶に訪れる人はほとんどがかつての相談客であった。

旅をした折に珍しい物を見掛けたのでお土産になどと、だれもがお礼の品を手にしていた。信吾と波乃は、男客には上方の下り酒を、女客には各地の菓子や饅頭《まんじゆう》を出し、連れられて来た子供のためにお年玉の袋をいくつか用意しておいた。

三

「まあ、幸吉《こうきち》。元気だったのね。よかったわ。心配していたのよ」

波乃がうれしそうな声を挙げたのは、三日の昼前であった。声につられて信吾が顔をあげると、幸吉を抱いたムメと大工の鉄五郎《てつごろう》が、満面に笑みを浮かべてやって来たところである。

乳をたっぷりと飲んだからだろう、幸吉はすやすやと気持よさそうに眠っていた。おそらく、眠るのをたしかめてから抱いて来たにちがいない。

年頭の挨拶をすませるなり、鉄五郎は照れたように頭を掻《か》いた。

「ご心配をおかけしました。幸吉が具合を悪くしましてね。むりを言って養子に譲ってもらったのに、なにかあったら申し訳が立たないと、どんなに気を揉《も》んだことか」

養子にしてからというもの、ムメは三日にあげず幸吉を抱いて波乃を訪れていた。それが師走の中旬からふっつりと来なくなったので、信吾たち、とりわけ波乃は気に病んでいたのである。

「どこが悪かったのですか」

「熱が出ましてね」

言われてすぐ波乃は思い至ったようだ。

「知恵熱じゃないかしら。赤さんの理由のわからない熱を、知恵熱と言いますよね」

それに答えたのはムメである。

「あたしと鉄さんの子供が亡くなったときの産婆さんに、あれからもずっと世話になっていてね。事情をわかってくれているので、なにかと訊いてみたんだよ。あたしも知恵熱じゃないかと思ったから。ところが知恵熱は、生まれて六ヶ月か七ヶ月をすぎたころ出るそうだ。幸吉は生まれて三月ほどだから、いくらなんでも早すぎると言われた」

「知恵熱なら気にしないでいいと言われても、その知恵熱でないと言われたら、親とすれば却《かえ》って心配になりますよね」

「知恵熱も、子供によって苦しめられる日数はちがうらしいよ。幸吉はなんの熱かわからなかったけど、幸いなことに四日か五日で嘘《うそ》のように退《ひ》いてね」

「よかったじゃないですか」

「しかしいつぶり返すか心配なんで、七、八日はようすを見ておりました。お蔭《かげ》でその後は熱も出ずに元気になりましたので、お二人が心配してくれているだろうから、顔を見ていただかなくてはと」

幸吉は前年の九月の十四日に、「きっとひきとりにまいりますので」との、信吾と波乃宛の手紙を添えて、伝言箱の下に捨てられていた。二人は面倒を見て、親が引き取りに来なければ自分たちの養子にするつもりでいたのである。ところが赤子には乳を与えねばならないので、たちまち困惑してしまった。

三好町《みよしちょう》のムメを紹介してくれたのは将棋会所の家主甚兵衛で、お蔭で貰《もら》い乳《ち》ができて急場は凌《しの》げた。ムメは生まれてほどない男の子を亡くしたばかりだったので、乳が張って痛くて堪《たま》らなかったらしく、喜んで飲ませてくれたのである。

ムメが飲ませに来るか、波乃が幸吉を抱いて飲ませてもらいに行くようになった。そんな日が続いているうちに、次第に事情が変わってきたのである。幸吉を死んだ子の生まれ変わりだと思うようになったムメと、ムメを母親だと懐く幸吉を見て、信吾と波乃の心は揺れ動いた。

傘が役に立たないほどの大雨の日、ずぶ濡《ぬ》れになった鉄五郎がやって来て、幸吉を自分とムメの養子にもらいたいと懇願した。信吾と波乃は困ってしまったが、さすがに即答はできなかった。

しかしあれこれ考えて、実の親が引き取りに来れば幸吉の幸せを考えて鉄五郎とムメに任せたと、なんとしても説得する覚悟で夫妻に託したのである。そういう事情もあったので、幸吉のことは常に気懸りであった。

二人の住む黒船町の南隣の三好町なので、ようすを見に行けないことはない。しかしムメが姿を見せないのはそれなりの理由があるのだろうと、気を揉みながらも波乃は我慢していた。

「でも事情がわかってほっとしました。よかった。本当によかったです」

「これからもときどき顔を見せに来るから」

「どんどん見せに来てくださいな、ムメ義姉さん。幸吉がおおきくなるのを見ながらいろいろ教えてもらったら、きっと役に立ちますから。実はあたし、暮れに腹帯の祝いをすませましてね」

「えッ、そうだったのかい。おめでとう、波乃。こいつぁ春から縁起がいいや、ってことだね」

少し考えてから鉄五郎が言った。

「すると幸吉とお二人のお子さんは、義従兄弟《ぎいとこ》ってことになるってことだな」

「なんですか、それは。ギイトコなんて言葉は、聞いたことがありませんよ」

信吾がそう訊くと鉄五郎は真顔で答えた。

「ムメと波乃さんが義理の姉妹になったのだから、その子供同士は義従兄弟になるはずだろう」

「なるほど。理屈ではそうなりますね、義理の兄さん」

幸吉の貰い乳を頼んだとき、ムメは強引に波乃と義理の姉妹の縁を結んでしまったのだった。そのため鉄五郎と信吾も、釣られるように義兄弟となったのである。

信吾が鉄五郎と呼ばずに義理の兄と言ったので、だれもが噴き出してしまった。

愉快でならぬというふうに笑ってから、鉄五郎は真顔になった。

「実はねお二人さん」

「義理の姉妹、義理の兄弟なんですから、波乃、信吾と名前で呼んでくださいよ」

「義従兄弟は冗談として」と、鉄五郎はちらりとムメを見た。「こいつともよく話したんだが、二、三年したら幸吉に弟か妹をもらおうと思ってね」

鉄五郎がそう言うには、二人がよくよく話しあってのことにちがいない。

「産婆さんは難しいと言ったが、それは子供を亡くしたムメに追い討ちを掛けるようで、言うに言えなかったと思うんだよ」

「産婆さんは気を使ってくれて、はっきり言わなかったけれどね」と、ムメは下腹に手を当てた。「あたしの体が駄目だと言っているのだもの」

本人にそう言われれば、波乃と信吾はなにも言うことができなかった。

「あっしは幼くして両親《ふたおや》を亡くしたから、兄も姉も弟も妹もいません。いくらなんでも可哀想《かわいそう》だからって、親戚が面倒を見てくれましてね。その親戚には子供がいたけれど、兄弟の内には入れてもらえなかった。それがどんなに寂しく切ないものか、お二人にはとてものこと、わかってはもらえないだろうね」

信吾には正吾という弟が、波乃には花江という姉がいる。だからそう言われると、一言も返すことができなかった。なぜならその寂しさ哀《かな》しさは、経験した者にしかわからないからだ。いくら想像しても、それは想像でしかない。

「あっしはね、自分が味わったというか、苦しんだあの思いを、幸吉には味わわせたくはないんだよ」

鉄五郎がそう言うと、ムメはおおきくうなずいた。

「鉄さんが子供んときに両親を亡くしたことは、いっしょになるまえに聞いていたんだよ。だけど親戚の世話になって、人に言えんような辛い思いをしたってのを、幸吉を養子にしてから初めて知ってね。だからあたしも、せっかく養子にできた幸吉に辛い思いをさせたくないって」

「幸吉は生涯、自分がもらいっ子であることに気付かずにすむかもしれないが、まずそれは考えられん」

鉄五郎にそう言われ、信吾と波乃は思わずうなずいていた。相談に乗っていて、客から何度、二人はそれに類した話を聞かされたことだろう。

「善意か、大抵は悪意ですけど、それをほのめかす、あるいはわざと告げる者がいますからね」

「そんとき一人よりも二人、二人よりも三人のほうが、受ける傷は深くなくてすむからな。だから兄弟や友達は多いほうがいいんだよ」

「多いほうが絶対にいいですよね。なぜなら、その中に自分をわかってくれる人がきっといるはずですから」

「そうなんだよな。であれば兄でも姉でもいいかと思ったんだが、ムメが絶対に駄目だって。筋が通んないって息巻いてね」

「だって幸吉は惣領《そうりょう》だもの。長男なのにあとから兄や姉ができるなんて、そんな馬鹿なことがあってたまるものか。理屈もなにもあったもんじゃない。次にもらうなら弟か妹でなきゃ」

「あたしもムメ義姉さんのおっしゃるとおりだと思いますけど、どちらかに決められたのでしょうか」と、波乃は鉄五郎とムメに訊いた。「弟か妹か。それに何人くらいって」

言われて二人は顔を見あわせ、鉄五郎が答えた。

「いや、幸吉のためにもらうことにしようとは話しあったが、弟か妹かとか、何人にするかなどは決めちゃいませんや」

「もらっていただけるのなら、両方にしてくださいませんか」

「ちょっと、波乃」と、信吾があわて気味に言った。「お二人の都合もあるのだから、そこまで言っちゃ失礼だろう」

「あたしは姉と二人姉妹でしょう。兄でも弟でもいいから男の兄弟がいたら、とよく思いましたから」

なにを言おうとしているのかと、三人が黙って次の言葉を待っているのが波乃にはわかった。「なにを」「なぜ」よく思ったのかを、言わなかったからである。

「女友達の家に遊びに行って夢中になって喋《しゃべ》っていると、よく友達のお兄さんに笑われたものだわ。それはこうなのじゃないのかって。お喋りに夢中になってしまって、脇道から小道へとか、迷路とか、出口のわからない路地なんかに、いつの間にか迷いこんでいたのね。男の人は常に大通りとの関係を見ながら、物事を考えている人がほとんどだから、それに気付けるのだと思いましたよ」

「それは男同士にも当《あ》て嵌《は》まると思うな」と言ったのは、信吾であった。「友達の姉に笑われたものです。まっすぐ歩こうとするのもいいですが、ときどき余所見《よそみ》をしないと、大事なことを見逃しますよって。それで自分たちの話が、いかに大雑把で単調であったかに気付きました。ああ、そういう微妙な部分にも目を向けなければ、見逃すことが多くなるなあと思いましたもの」

「男には男の、女には女の良さがあるものな。でありゃ幸吉には」と、鉄五郎がムメに言った。「弟も妹も、両方もらってやろう」

る。

「是非そうしてくださいな」

自分が話題になっていることがわかりもしない幸吉は、気持よさそうに眠り続けている。

四

正月の四日は将棋会所「駒形」の開所日である。二年目を迎えたとき信吾は一部の客の要望で、三が日が明けたばかりの四日に開所した。どうせ来る人はあまりいないだろうから、それを理由に三年目からはゆっくりめでと考えていたら、ほぼ満席になる盛況であった。これではとても遅らせることはできない。

四年目に入った今年も満席で、これまで以上に活気に溢《あふ》れ、話題も豊富であった。常連客は着実に腕をあげていたし、噂《うわさ》を聞いて新たに通うようになった者もいる。

将棋会所の家主は、前年の開所記念将棋大会で優勝した甚兵衛である。会所の席亭になる予定だったが、甚兵衛が隠居できたのは還暦になってからであった。体力的に厳しいので、信吾に話を持ち掛けたという事情があったのだ。

会所は大黒柱を中心に、八畳と六畳の表座敷、奥の六畳間と板の間が田の字をなし、土間の勝手脇が三畳の女中部屋となっている。最近はそれでは手狭になっていた。信吾が使っていた奥の六畳間は、波乃といっしょになって隣家に移ってからは常吉の寝間となっていたが、そこでの対局も増えていた。三畳間を使うことすらあったのだ。

隣家に独り住まいしていた老武士がいずこかに移ったあとに、信吾は波乃と住むようになった。だが母屋と呼んでいるそこは相談屋として使っているので、対局の場にはできない。相談客はいつ来るかわからないし、他人に知られたくない人がほとんどだからだ。

もう少し広い家に移ることも考えたが、信吾はそうしないことにした。もともとが不安定な相談屋だけではやっていけそうにないので、日銭を稼ぐために併設した将棋会所であった。主客を転倒してはならないからである。

会所開きに信吾は酒と料理を用意した。前年の将棋大会で集まった花（祝儀）は、優勝、準優勝、そして第三位の入賞者に賞金として与えていた。その折の残った端数を、開所祝いの料理と酒に充てたのである。

料理は江戸で五本の指に入り、浅草では一番と評価の高い、両親の営む宮戸屋に註文《ちゆうもん》した。手代と小僧三人が、平桶《ひらおけ》に詰めた料理を両手に提げて運びこんだ。酒は上方からの下り酒を、前日に届けてもらっている。

母の繁は常連さんにお礼の気持で食べてもらい、吞《の》んでもらうのだからお代はいらないと言った。しかし将棋会所は信吾の仕事なので、甘える訳にいかずきちんと払った。

開所日にも対局はするが、山場のいいところで打ち切って、勝負なしの引き分けとするのが恒例となっている。そして常連たちが楽しみにしているのが、若き席亭である信吾の趣向であった。

「お蔭さまで、将棋会所『駒形』は四年目を迎えることができました。皆さまが強くなりたいとの夢を持ち続けて、通って来られるからだと思います。ところでその夢に関しまして、本年はちょっと変わったことを思い付きましてね」

「待ってました。信ちゃん、信吾さん、席亭さん」

だれかの声に、期待もあってだろうが常連たちは笑った。

「夢は寝ていて見るものですが、目が醒《さ》めればあっという間に忘れてしまいます。ところがそれを忘れず、しかもそっくり繰り返して話せる方がいらっしゃいましてね。てまえは聞かせてもらって、ともかくひっくり返るほど驚きました。そのお方は会所のご常連さんで、皆さまよくご存じでございます。年の初めのおめでたい日に、一風変わった夢の話を聞かせてもらおうと思うのですが、いかがでしょうか」

おもしろいことを求めている常連客たちに、否《いな》がある訳がない。たちまち拍手が湧き起こった。それが鎮まるのを待って、信吾は厳《おごそ》かに宣言した。

「てまえが驚き呆《あき》れたと申しますか、度肝を抜かれた話をしてくださる方を紹介いたします。夕七《ゆうしち》さんです」

意外に思う声と、夕七ならと思った者がいたからだろう。座はざわついたが、ほどなく鎮まった。

「夕七さん、夢でご覧になられたとおりにお話しくださいね。わかりにくいところもあるでしょうが、それにつきましては、あとでお聞きするとしましょう。なお『花江戸《はなのおえど》後日同舟《のちはのりあい》』で人気戯作者《げさくしゃ》となられた寸瑕亭押夢《すんかていおしむ》さんが、夕七さんの話をお聞きになりました。それをもとに戯作をお書きになるとのことですので、本が出ましたらお報せいたします。それでは夕七さん、お願い致します」

八百万《やおよろず》の神々の各地の代表が、十二支をどうするかについて熱烈な、しかも妙に滑稽な議論を繰り拡げる。各地を転々とした夕七が、自分が住んだことのある土地の言葉を駆使して語るのだ。正月ということもあり、しかも酒が入っているので、座は爆笑の渦となった。

「夕七さんは以前からふしぎなお方だと思っておりましたが、今の夢のお話を伺って、ますます謎が増えてしまいました。お話に各地の言葉や訛《なま》りがしきりと出てまいりますが、どういう事情《じじょう》でああいうことができますのですか」

拍手が鳴《な》り止《や》むのを待ちかねたように訊いたのは、常連客の桝屋良作であった。しかもほとんどの客が、桝屋に同意したようにうなずいたのである。

信吾は夕七が各地を転々としてから、今戸焼《いまどやき》の窯元の婿養子になったのを知っているが、ほかの客たちも詳しくは知らないものの、おおよそはわかっていると思っていた。ところがほとんどの客が、桝屋良作とおなじ程度だということに気付かされたのだった。

信吾と波乃は母屋に来た夕七と親しく話したし、戯作者の寸瑕亭押夢と夕七は母屋や柳橋《やなぎばし》の料理屋でも会っている。もちろん、そんな話を常連客にするはずがない。だから信吾と波乃、それに押夢しか、夕七についての詳しいことは知らないのだとわかった。

桝屋に訊かれて夕七は答えた。

「どげんしてああゆうことができるんか言われても、こちとら夢ん中で神さまが言ったことを、ただ繰り返しただけやけん」

「だとしても、各地の言葉をそっくり繰り返すなんて、並の人にはできることではありませんよ」

「まあ、長かったり短かったりはあったもんの、けっこうあちこちに移り住みましたもんでね」

「あちこちと申されますと」

「まさにあちこち。まだ蝦夷地《えぞち》にだけは行っとりゃせんが」

「えーッ」と驚嘆の声が何箇所もで起きた。

「そう言えば登場した神々は」と、指を折りながら数え始めたのは夢道である。「関八州総代の江戸、畿内《きない》の難波《なにわ》、九州の筑紫《ちくし》、四国の阿波《あわ》、陸奥《みちのく》の仙台、それに北陸の若狭《わかさ》でしたね。まさに各地ですが、蝦夷は入っていませんよ」

「すると夕七さんは、住まわれた土地の言葉は自由に操れますので」

桝屋が珍しく喰《く》いさがったのは、どうにも得心がいかなかったからだろう。

「そんなことできるもんやおまへん。その土地らしゅう言うのが関の山でおます。おもしろがってやっとるうちに、いつの間にかそれが身に付いてしまいましたんや。とゆうてちゃんと喋れる訳でなし、なんとのうそれらしゅうは喋れますけんど、あくまでもらしくですけん、土地の人には怒られますやろう」

なんと、それにも何人もがうなずいたのである。夕七は各地の神々がその土地の言葉で喋った体裁をとったが、その地の出身者、あるいは父母や祖父母がそうだと、やはり違和感を覚えずにはいられないらしい。

「夕七さんは各地を転々とされたそうですが、どこが一番良かったですかね」

その質問にも関心を抱く人が多かったようで、客たちの視線がひときわ真剣になったのがわかった。話の中に、自分や親の出身地が含まれていたからだと思われる。夕七もそれを感じたようだが、緊張は一瞬で崩れてにやりと笑った。

「住めば都でんな。住んどるところが一番ええゆうこってす」

「うまく逃げたもんだ」

島造の皮肉を夕七はさらりと躱《かわ》した。

「だれが逃げますかいな。住めば都、その言葉に尽きるっちゅうことやねん。どこにも、どんな土地にも、良いところと悪いところがあるもんでおま。厭《いや》な思いをせずに楽しく生きよう思うたら、良いところを見て悪いところを見んようにするこってす」

「まさに名言」と、言い切ったのは甚兵衛である。「夕七さんは各地を転々とされただけのことはありますな。ただ転々としていただけでないということが、今のお言葉でよくわかりました。ほとんどの人の捉え方は夕七さんの逆で、悪いところ、厭なところばかりを見て不満を口にしますね。で、良くなるか、楽しくなるかというとなる訳がありません。ものごとは良いほうに廻り始めるとますます良くなり、悪いほうへだとまったくその逆になるものです。どっちに廻るべきか、その取っ掛かり方がいかに大事かを、夕七さんはおっしゃったのだと思いますよ」

さすがは甚兵衛だと思ったのか、何人もがうなずいた。分が悪いと感じたらしく、いつもは多弁な島造も言い返そうとはしなかった。

「それにしても、あんな妙な話をよくも考えましたな」

平吉が呆れたように言うと、これまた何人もがうなずいた。やはり夕七の作り話だと感じた者が多かったようだ。

五

「あまりにも奇妙奇天烈《きてれつ》、奇想天外な話なので、夕七さんの作り話だと感じられた方が多かったようですね。たしか朝の六ツ半（七時）ごろでしたか」と、信吾は全員を見廻した。「そんな早い時刻に、夕七さんが将棋会所でなく母屋に来られたのです。こんな妙な夢を見た。しかも夢は時間が経ったら消えて忘れてしまうのに、しっかり頭に残っているとおっしゃってね。それで話してもらったら、まさに驚くしかない夢の話でした。あまりにもふしぎでならないので寸瑕亭押夢さんにも聞いてもらいましたが、話されたことはすっかりおなじで、夕七さんの頭にしっかりと刻みこまれているのがわかりました。ですので年明けの将棋会所開きに、みなさんに聞いていただこうと思ったのですけれど」

「いや。聞かせてもらってよかったですよ。なにしろ正月早々、こんな楽しい話が聞けるとは、思ってもいませんでしたからね」

だれかの言葉にべつのだれかが同意した。

「それに、夕七さんはたしかに並の人ではないけれど、いくらなんでも、あんな破天荒な話を作り出すとなりますとね」

「簡単に作れる訳がない」

何人もがうなずいたのを見て、信吾は念を押すように言った。

「朝早くに駆け付けて来たようすからして、てまえにはとてもものこと、夕七さんの作り話だとは思えませんでした。とんでもない夢を見てしまった。しかも頭にしっかりと刻みこまれている。自分でもそれが信じられないので、夕七さんは今戸町《いまどまち》から黒船町まで駆けて来たにちがいありません」

だれもが納得したような顔になった。将棋会所「駒形」の客の多くはもっともらしい意見には、無条件に賛同する傾向があるのかもしれない。

「よろしいですか、席亭さん」

控えめな言い方をしたのは、太郎次郎《たろうじろう》の紹介で将棋会所に通うようになった、肥前屋《ひぜんや》の伊兵衛《いへえ》であった。屋号からわかるように父親は長崎から江戸に来て商売を始めたが、伊兵衛は江戸で生まれ育っている。

「はい。なんなりとおっしゃってください、伊兵衛さん」

「席亭さんは先ほどのなんともふしぎなお話を、一部の方は夕七さんの作り話と受け止めたようだが、あれはまちがいなく夢だとおっしゃった」

「そうではないと」

信吾が期待せずにいられなかったのは、伊兵衛が常連になったとき、ちゃんと筋道の通った話を展開したからであった。

「いえ、てまえも夢だと思います。ただ一概に、作り話でないとは言い切れないと」

となると伊兵衛の発言には矛盾がある。だが信吾には、単純に矛盾と言えない微妙さを孕《はら》んでいるように思えた。

会所開きの日の客たちは常連ばかりなので、ほぼ全員が初参加した日の伊兵衛の話を聞いていた。それによほど強く印象付けられたからだろう、だれもが期待を籠めて信吾と伊兵衛を見、話に耳を傾けていた。話題の提供者である夕七もまた、話がどう進むか興味深くてならないという顔をしている。

何人もの目にうながされでもしたように、伊兵衛が言った。

「先ほどの夢は夕七さんでなければ見られないということは、どなたも納得していただけると思います。なぜなら各地の神さまが、それぞれの土地の言葉で自分の意見を述べられますね。だからそれぞれの土地に住んだことのある夕七さんが、作られた話ではないかと考えるのはごくあたりまえのことなのです」

「では伊兵衛さんも、夢を見たのではなくて、夕七さんの作ったお話だと」

信吾の問いに小首を傾《かし》げると、少し考えてから伊兵衛は言った。

「夢は五臓の煩いとか疲れとか申しますが」

話がひどく飛んだとだれもが感じたにちがいないが、信吾はそれ自体には触れず当たり障りのない言い方をした。

「このところ魘《うな》される夢ばかり見るのは、五臓に疲れが溜《た》まっているからだろうか、などと申しますね」

「そのことですが、どうやら心と体は、わたしたちが感じている以上に、密な関係にあるらしいのですよ」

「病は気から、と言いますからなあ」

ぼそぼそした素七の声は、ほとんどの人の耳に届かなかったようだ。

「作り話となりますと、心で思い描いたとか頭で考えた話となりますね」

伊兵衛がそう言ってもだれも反応しなかったのは、あまりにも当たりまえのことだからだろう。

「夢は頭で考えることとは関係なく、自然に体の内側から出てくる、そのようなものだと考えている人が多いと思います。ですから作り話と夢がおなじ処《ところ》から出て来るとは、考えられないと思われているでしょうね」

問われて将棋客たちは顔を見あわせたが、そのとき鼻先で笑うような声を出して島造が言った。

「心身一如《しんしんいちによ》だな」

甚兵衛や桝屋良作など何人かはわかったようだが、ほとんどの客は困惑顔であった。

仕方ないという顔で島造は説明した。

「体と心は一つのものの両面なので、分けることはできんゆうことです。心身ともに充実しているとか、物事に一心に集中しているさま、というのが本来の意味であるらしいがな」

　不意に割りこまれ、戸惑い顔の伊兵衛に信吾は紹介した。

「島造さんのことはご存じですね、伊兵衛さん。将棋会所『駒形』の生き地獄、ではなかった生き字引と言われている方ですから」

　物識《ものし》りを鼻に掛ける島造を、うっかりしていたように見せかけて、信吾は揶揄《からか》わずにいられなかった。伊兵衛もその辺の事情には気付いたようであった。

「父が長崎時代に世話をしたお方が、江戸で蘭方《らんぽう》の医者になっておりましてね」と島造にではなく、ほかの客たちに伊兵衛は語り掛けた。「そのお方によりますと、夢は日ごろ考えていることとか悩んでいることなんかより、心か体のずっと奥深いところでの思いが大本《おおもと》らしいのです。それが本人が眠っていて体や心がいろんな縛りから解き放たれたときに、すーッと表に出て来ることなんだそうです。頭や心が考えているのとはべつのところで、体が考えているというのですよ」

「体が考える、だって」

「だから眠ってしまって、頭や心が休んでいるときに出て来るそうなんですが」

「となると」と信吾は言ったが、頭の中は混乱していた。「夕七さんが各地の言葉で喋る神さまの夢を見たということは、普段は神さまたちを心か体の奥深く、あるいは端っこに押し付けるか押しこめるか、しているってことになりませんかね」

「無茶ぁ言わんといてくだはりまへれ、席亭さん。そげな畏れ多いことができる訳がなかと。ほんまにかないまへんわ」

「あッ、そうか。わかった」

思うと同時に信吾は声に出していた。

「鷲《おぶけ》さささんといてくれるで、席亭さん。おっきな声ぇ出してからに」

「夕七さん。江戸に来てから何年になられましたか」

「なんで、そげんこと訊くとね」

「自由気ままな夕七さんの魂がですね、江戸という土地に縛られ、長居してしまったと後悔して騒ぎ始めたのではあるまいか、そろそろ次の土地に移らねばと焦り始めたにちがいないと思いましてね」と、そこで信吾はおおきく首を振った。「いけない。うっかりしていた。それだけはないんだ。ある訳がない」

そこで初めて、信吾はほかの客たちを見て目を丸くした。全員が信吾と夕七を見ていたからである。

「どうなさいました、みなさん」

「どうなさいましたどころではないでしょう、席亭さん」と言ったのは、両国《りょうごく》から通っている茂十《もじゅう》であった。「なにが、それだけはないんだ、ですかい」

だれの思いもおなじだったらしく、何人もがうなずいた。

「いけない。これは口にすべきではなかったんだ。夕七さんの秘密だから、言っちゃいけなかったんですよね」

全員に見られて、夕七は苦笑するしかなかったようだ。

「ここまできて隠しちょったら、明日から将棋会所に通えんようになるばってん」

夕七本人がそう言ったからには、信吾はもう隠す必要がないということだ。

「でしたら明かしますが、夕七さんは九つ年下の嫁さんをもらって」

「というか婿養子になって」

「一年にならないのです。これじゃ、江戸を離れる訳にいかんでしょう」

かなりの、いやほとんどの客が初めて知ったことなので、場はどっと盛りあがった。

声がしたのはそのときである。

「皆さん、明けましておめでとうございます。すっかりご無沙汰いたしました」

「源八《げんぱち》さんだ」

明るいおおきな声を耳にするなり、顔をたしかめもしないで信吾は声に出していた。

挨拶の言葉と源八という名前で、常連たちは一斉に格子戸を見た。

六

格子戸の手前の土間に、今この場にもっともふさわしいと思われる人物がいた。

「いやあ、懐かしいなあ。それにしても『駒形』は、いつもながら楽しそうで、皆さんを見ているだけで心が弾みますよ」

信吾が将棋会所を開いた当初からの、邪気のなさで人気者だった常連の源八で、その横には赤ん坊を抱いたスミが立っていた。

「その子が、源八さんとスミさんのお子さんですか」

だれかがわかりきったことを訊いた。

声を耳にするなり、スミは子供を見てくださいとでも言いたげに、赤ん坊を客たちに見せた。

「お元気でよかった。心配していましたよ」

女髪結いのスミは五歳年下の源八に惚《ほ》れこんで、二十歳になるまえから面倒を見ていた。だから源八は家の仕事を手伝うでなく、奉公をするでなく、いわゆる「髪結いの亭主」を決めこんでいたのである。

ところが源八が三十歳になって、三十五歳のスミが懐妊した。源八は生まれ来る子供のために働く決心をしたが、奉公をしたことのない三十男を雇う見世などありはしない。知りあいにさえ相手にされずに途方に暮れていると、意外な人が動いたのである。

髪結いの亭主である源八を、毛嫌いしていた小間物屋の隠居の平吉であった。生まれ来る子のために本気で働く気になったとわかったからだろう、源八の兄に頭をさげてなんとか見世で働けるように頼んでくれたのだ。夫婦で兄の家に住みこむことになりましたと言ったが、それきり源八の消息は途絶えた。

スミが腹に子を宿したのがわかったのが前年の二月下旬だったので、そのとき二ヶ月か三ヶ月目だったとすれば、産み月は九月か十月となる。

あの陽気な源八だから生まれたなら駆けこんで報せるだろうと思っていたが、一向に姿を見せなかった。半月前後のずれはよくあることだから、などと思いながら待っていたがやはり連絡はない。

常連たちのだれもが気にしていたはずだが、口に出せなかった。なにしろスミは三十五歳で、ほどなく三十六歳になろうというのだ。孫がいてもふしぎでない高齢での出産であった。だれもが気にしていたところに、親子三人が元気な姿を見せたのだから、常連たちがどれほど安堵《あんど》したかしれない。

全員が質問を始めたと感じるほどで、「男の子かい女の子かい」「名前はなんてえの」「いつお生まれだい」などなど、矢継ぎ早に問いが出て騒々しいことこの上もない。聞く声はどれも明るくうれしそうで、「髪結いの亭主が父親《てておや》かよ」などの声も、なぜか皮肉には聞こえないほどであった。

信吾は音高く両掌《りょうて》を打ち鳴らし、その手を広げて下に抑えるようにしながら鎮めようとした。

「みなさんが一斉にお訊きしては、源八さんが答えられません。席亭の権限で命じます」と、信吾は声をおおきくした。「どうかお静かに。従えない方には席料を返して、退席していただきますよ」

それでようやく鎮まった。

信吾が訊き源八かスミ、あるいは二人が答えるという状態が整うと、場の雰囲気がまるでちがって感じられる。信吾が質問をするようになって、口を挟む者はいなくなった。

予定は九月下旬であったが、生まれたのは予定より十日ほど遅い十月の四日であった。待望の男児だが、スミの産後の肥立ちが悪く、しかも赤子がなんともひ弱であった。

産婆はできるかぎりのことはするが、生きられる可能性は半分もないと言った。そして名前を付けるのは、当分は見あわせたほうがいいとさえ言ったのである。つまり五分五分どころか、生き残れる可能性が一割でもあればいいくらいに産婆は見ていたらしい。

お産の取りあげだけでなく、妊婦の世話や指導、赤ん坊や産後の世話などをする産婆にそう言われたのである。高齢での出産ということもあり、源八とスミにとっては諦めろと言われたに等しかったのではないだろうか。

しかし世の中、良くも悪くも一寸先は見えない。

十二月になると、なんとスミが体調を取りもどした。腕のいい女髪結いのスミは贔屓《ひいき》が各地にいる。浅草や蔵前《くらまえ》だけでなく、柳橋、両国、神田、日本橋近辺、さらには本所や深川《ふかがわ》にも客がいた。

そのため日々かなりの距離を歩いていたので、それがよかったのかもしれない。産後の肥立ちこそ悪かったものの、体そのものは丈夫であった。体が回復するにつれて乳の出が、なによりも質がよくなったらしく、赤子は見違えるほど元気になった。

「産婆さんが驚くほどでしてね。で一月《ひとつき》と二十日ほど遅れましたが、名前を付けました。倅の名は平八《へいはち》です」

源八がなぜその名にしたのか信吾はピンときた。兄に頭をさげて頼んでくれた平吉の平と、源八の八を組みあわせたにちがいない。

常連客を見渡すと、源八と平吉が目を見あわせたところであった。二人はうなずき交わし、平吉は次第に上気して、やがて耳の辺りまで赤くなった。子供ができたお蔭で源八が立ち直れたことに、感慨深いものがあるのだろう。あるいは源八は恩人の平吉だけには、赤ん坊の病気のなりゆきを伝えていたのかもしれない。

「平八さんですか、赤さんの名は。うーむ。強運が、運の強さが顔全体から滲《にじ》み出ておりますな」

かなり長いあいだ、すやすやと眠りを貪る嬰児《えいじ》を見ていた甚兵衛が、感に堪えないというふうに言った。

「スミさんの産後の肥立ちが悪かったそうですが、でありながら命を繫《つな》いで来たのですからね。こういう赤さんはなかなかどうして、強いものなんですよ」

信吾は甚兵衛の言葉に感じ入っていた。その場の人たちの気持を捉え、しかもわずかな言葉数で安心させてしまうのである。それが年寄りの知恵というものなのだろう。

自分たちの子供の顔を多くの人に見せるだけでも緊張していただろうに、母親のスミの表情が甚兵衛の言葉で、すっかり安らかになったのが信吾にはわかった。

「七歳までは神の内とか神の子とか申しますが」と、甚兵衛は続けた。「それは赤ん坊や幼い子供は、ちょっとのことでどうなるかわからないからそう言われているのです。だけど平八さんは大丈夫ですよ、源八さんにスミさん。なぜならおなじ神の内でも、神さまが懐に抱かれたようなものですからね。そんな子供が大病を患ったり、大怪我《おおけが》をしたりするとは考えられません」

「甚兵衛さんに言われて、気持が一遍に楽になりましたよ」と言って、源八はスミと顔を見あわせた。「こうなりゃ、せめて平八が嫁をもらうまでは頑張らんとな」

「嫁をもろうたとなると、子供ができるまで頑張らなきゃ。源八つぁんにおスミさん」

と、興奮で真っ赤になった顔で言ったのは平吉であった。「ここまでくりゃ、孫の顔を見ないですみますか」

「孫が嫁をもらうまで」

その辺りから収拾がつかなくなってしまった。酒が入ったこともあってだれの声もおおきく、はっきり言って騒音でしかない。ところがスミに抱かれた平八は、まるで気付きもしなかった。

「この子は大物になるだろうな」

だれかがしみじみと言うと一斉に歓声が起きたが、それでも平八は堂々と寝入っていた。

それにしてもいい会所開きになったと、信吾は心が浮き立つほどうれしかった。

夕七に語ってもらった、各地の代表の神々が喧々囂々《けんけんごうごう》と議論する「十二支の改訂」だけでも、客たちは腹を抱えて笑ったのである。そのあとの源八の話は、今だからあのように語れたが、抜け出せるまではまさに地獄であったことだろう。元気を取りもどせた母子にはなんとか現状を維持し、さらに良くなってもらいたいと願わずにいられなかった。

夕七の賑《にぎ》やかで騒々しい話と、新しい命を得た源八とスミ夫婦のしっとりと胸を打つ話。まるで期待せずに出掛けた寄席で、二人の名人の滑稽噺《こっけいばなし》と人情噺を続けて聴けた、信吾はそんな満足が得られたのである。

四すくみ

切羽詰まって相談に来るのだろうからむりもないが、その娘の場合にはあまりにも思い詰めた感が強かった。だから波乃は、相手が口を切ろうとするのを寸前で押し留《とど》めた。

「お茶を淹《い》れますから、少しお待ちくださいね。お茶をいただきながら、ゆっくり伺いましょう」

そう言ってうなずいて見せてから、八畳の表座敷を出たのである。波乃の声は女性としてはかなり低いので、静かに話し掛けると相手が落ち着くことは、これまでに何度も経験してわかっていた。

果たしてどうだろうかと思いながら、湯呑茶碗《ゆのみちゃわん》を載せた盆を持って波乃は八畳間にもどった。効果はあったようで、勢いこんでいたのがかなり冷静になっているように見えた。若い女性の相談客には、ちょっとしたことが意外と効果があるものなのだ。

ひと口含んでから、湯呑をゆっくりと盆にもどし、波乃は笑顔で相手をうながした。

「相談屋さんは相談に来た人の秘密は、どんなことも、なにがあっても洩《も》らさないって聞いたんだけどさ」

友達口調の喋《しゃべ》り方や声が、初対面で受けた印象と懸け離れて感じられた。相手はすぐにも本題に入ると波乃は思っていたがそうはならなかった。

「よくご存じですね」

「だから、あたしも話さない」

なにを、なぜ話さないのか、肝腎なことが抜け落ちているのが、本人にはわかっていないようだ。

「あら、どういうことかしら」

「ある人にね、相談屋の波乃さんに打ち明けたら、すっかり悩みがなくなっちゃった。だからキヨも、あッ、キヨってわかるよね。あたしのことだって」

「キヨさんとおっしゃるのね」

まず名乗ってから相談を持ち掛けるのが礼儀ですよ、との意味を籠めたが、おそらくわかってはいないだろう。

「キヨもくよくよ悩んでないで、波乃さんに相談しなよって言われて」

「こちらに来られたのですね」

思ったことをよく考えることなく、いや、まるで考えずに、そのまま口にする人は意外と多い。頭を通さないので話す内容や順番が整理されておらず、どうしても取り留めなくなりがちだ。

　あれこれと思い惑った末に相談に来る人が多いので、十分に考えてのこともあるからだろうがほとんどの人が整然と話す。そうでない相談客もこれまでに何人かいたが、キヨの場合はいささか極端であった。

「だからあたし、だれが波乃さんのことを教えてくれたかは話さないよ」

　なにも拘《こだわ》るほどのことでもないのに変に力んでいるが、こういう人は往々にして力を入れるべきところで抜いてしまう。

「それがいいでしょう。わたしも訊《き》かないようにしますね」

「波乃さんは藤八拳《とうはちけん》って知ってるの」

　不躾《ぶしつけ》に訊かれたこともあって、波乃はすぐには答えられなかった。

「狐拳《きつねけん》とも言われていますね。でもキヨさんは、お若いのによくご存じだこと」

　波乃は思わずそう言ったが、決して皮肉ではなかった。キヨは同年輩かせいぜい二つ三つ年下だろうが、随分と幼く感じられたのである。

「藤八拳はお座敷で人気があるそうですよ。男のお客さんと芸妓《げいこ》さんなんかが勝負して、負けたほうはお酒を吞《の》まされるのでしょう」

「へえ、相談屋さんって、そんなことまで知ってんだ」

　その言い方からするとキヨは人から聞いただけで、藤八拳がどういうものか詳しいことは知らないらしい。

波乃の実家は浅草の阿部川町で、各種の楽器を扱っている春秋堂である。客は趣味として楽器を奏でる人たちがほとんどで、商人や職人とその家族が主であった。当然だが楽器の演奏家、芸人、三味線や尺八の師匠も多かったし、虚無僧《こむそう》、僧侶、武家の客もいた。

花江と波乃の姉妹に藤八拳を教えたのは、新吉原《しんよしわら》では名を知られた幇間《たいこもち》の兼八《かねはち》であった。幇間は唄や踊りだけでなく、三味線や太鼓、笛など、浅くはあっても広い分野の楽器をこなせると、座敷に呼んでもらえることが多くなる。また幇間を贔屓《ひいき》にする客には、自ら演奏する趣味人も多かった。それもあってだろうが、兼八はときどき春秋堂に顔を出していた。

姉妹は見世に出て客の相手をすることはないが、中暖簾《なかのれん》の辺りでジャンケンしていたのを兼八に見られたらしい。

「お嬢さん方はジャンケンと言ってますが、狐拳とか藤八拳と言って、もともとはお座敷での大人の遊びだったのを知ってますかえ」

そんなふうに声を掛けたが、いかにも女の子が気を引きそうな問い掛けであった。

「どれも片方には勝つけれど、もう一方には負けるところがおもしろいし、よくできた仕掛けだね。これを三すくみと言う。グーはチョキに勝つけど、パーには負けるだろ。チョキはパーに勝つけどグーには負け、パーはグーに勝つけどチョキには負けるからね」と唄うように小気味よく言ってから、兼八は悪戯《いたずら》っぽく姉妹に訊いた。「なーぜだ」

「グーは石で、チョキは鋏《はさみ》、パーは風呂敷だから」

「さすがお姉ちゃんだけのことはあって、よく知っている。石は鋏には切られないけど、風呂敷には包まれてしまう。鋏も風呂敷も片方には勝てても、もう一方には敵《かな》わない。だから三すくみになるんだよ」と花江を褒めてから、兼八は波乃をちらりと見た。「狐拳は狐と猟師、それに庄屋《しょうや》さんの勝負だけど、一番強いのはだれだと思う」

狐は猟師に鉄砲で撃たれ、猟師は庄屋に頭があがらず、庄屋は狐に化かされるという三すくみの関係を、腕を用いた動作で勝負するのが狐拳であった。

狐は拡《ひろ》げた掌《てのひら》の指を揃《そろ》え、頭の上で相手に向けて添える。つまり狐の耳を模しているのだ。両手の握り拳を、鉄砲を撃つように前後にずらして構えるのが猟師。正座した膝の上に手を添えるのが庄屋である。狐拳は二人が向きあって坐《すわ》り、互いに思う手を出して勝負する。

兼八のねらいがわかったので、波乃はにこりと笑った。

「いません。みんなだれかには勝つけど、だれかには負けるから。でないと三すくみにならないでしょう」

兼八はまじまじと波乃を見て言った。

「これは魂消《たまげ》た。十歳になるかならぬかでこれだから、姉もすごいが妹もすごいぞ。これじゃ春秋堂さんは、永代安泰だな」

言い方が大袈裟《おおげさ》だからだろう笑いが起きた。客とその相手をしていた番頭や手代が、兼八と姉妹の遣《や》り取《と》りを聞いていて思わず笑ったのだ。一番笑ったのは客であった。

周りを笑わせてから、兼八は姉妹に藤八拳の闘い方を教えたのである。

まず二人が相対して正座する。一方が「トーハチ」と声を掛けると、もう一方が「ゴーモン」と受け、二人が同時に「キミョウ」と言って自分の手を示す。狐の耳か猟師の構えた鉄砲、両膝に手を揃えた庄屋のどれかである。一人が狐でもう一人が猟師だと猟師の勝ち。猟師と庄屋だと庄屋、庄屋と狐だと狐の勝ちとなる。二人がおなじ手を出すと、勝負なしでやり直すのであった。

「なぜ掛け声がトーハチ、ゴーモン、キミョウなの」

花江が訊くと兼八は答えた。

「長崎の岡村《おかむら》藤八という人が、阿蘭陀《オランダ》の良く効く薬を売り子たちに五文で売らせたらしいんだ。そのときトーハチ、ゴーモン、キミョウと声を掛けさせたらしい。トーハチは売り主の岡村藤八の名前、ゴーモンは五文で薬の値、キミョウってのはふしぎだとか普通とちがって変わってるって意味だな。つまりふしぎなくらいよく効く薬ってことだよ。

それを調子を付けて掛け声にした。トーハチ、ゴーモン、キミョウってね。子供が売り子たちに付いて廻《まわ》りながら、掛け声の真似《まね》をする。それがおもしろいというので、狐拳に取り入れたのだろう。それとはべつに、新吉原の幇間の藤八が考えたとも言われているんだ。あっしは同業だから新吉原の幇間を応援したいが、どうやら阿蘭陀の薬売りからってのが本当らしいよ」

「兼八さん、あのね」

「なんだい。波乃嬢ちゃん」

「江戸だとトーハチじゃなくてカネハチ、ゴーモン、キミョウのほうが、よっぽどよく売れると思うな」

兼八は掌で音高く額を叩《たた》いた。

「はちゃー。こっちが言おうとしていたのに、波乃嬢ちゃんに先を越されたんだから、さすがの兼八も形なしだよ。それもトーハチよりカネハチのほうがよっぽどよく売れるなんて、この娘《こ》は芸人を泣かせる壺《つぼ》を知っているね。どんな男を亭主にするのか顔を見たいものだ」

ここでも周りを笑わせると兼八は花江と、それから波乃と実際に勝負をした。姉妹の勘がいいのか、おそらく芸人の兼八が花を持たせたからだろうが、花江も波乃もかなり高い率で勝てたのである。

腕のいい幇間兼八は、相手が少女であろうと手を抜かないで笑わせ続けた。藤八拳が座敷芸として人気なのは、男の客がなんとしても勝って芸妓を酔わせたい、さらには……となったところに、母のヨネが現れて、兼八が軽くではあるが叱られたという一幕があった。

二

それはそうとして、波乃にはキヨがなぜ藤八拳を持ち出したかがわからない。開けっ広げで人の思惑など一向に頓着しないところのあるキヨは、母親や祖母、伯母や叔母など、厳しく注意する身内が周りにいなかったのだろうか。だから話し方やその手順が、身に付いていないと思われた。堅苦しくないところがいいと言う人もいるかもしれないが、波乃はいささか閉口した。

いずれにしても、相談屋としては客の悩みを解消しなければならない。となれば、当たり障りのないところから糸口を探るしかなかった。

「キヨさんの悩みは、三すくみに関係があるのでしょう」

「なんだけどね」

じゃないでしょう。「そうですが」と言うべきですよ、と言えないのがもどかしい。

「四すくみ、みたいになっちゃってさ」

三すくみでなくて四すくみはいいとして、「みたいになっちゃってさ」とは、どういうことだろうか。

「ちょっとややこしく、こじれるか縺《もつ》れるかしたのかしら」

「男の子が二人に女の子が二人いてさ」

「だから三すくみじゃなくて、四すくみになったのですね」

「すっごーい。すぐわかるんだ」

自分で四すくみみたいになったと言っておきながら、波乃を褒めるキヨには呆《あき》れるしかない。あまりの幼さに、悩み抜いた末に相談に来たのだろうかと疑わずにいられなかった。

「だけど、いくらなんでも、波乃さんに解きほぐせるだろうか。あたしらの四すくみがすんなりと」

「かなり難しそうですね。だけど、相談料をいただくだけの値打ちはありそうだわ」

冗談っぽく釘《くぎ》を刺したのは、キヨに相談料が払えるだろうかと、ふと心配になったからだ。波乃に相談すればいいと言った人に聞いているとは思うのだが、あまりにも子供っぽくて常識外れなので、そう思わざるを得ない。

そのときは金にならなくても、どんなことも将来の仕事に繋《つな》がるし役に立つから、目のまえの損得だけで考えないほうがいいよ、と信吾は言う。そんなにおおらかな気にはなれませんよ、と言いたくなることがあるが、今がそれだった。

ところが冗談っぽく言ったのに、効果があったから人はおもしろい。キヨが掌でおでこを叩いたところは、まるで幇間であった。

「いけない、忘れてた。相談料を先に払うんだよって、言われてたんだ。そうすりゃ波乃さんも、一所懸命になるしかないからって」

後半は内輪の話でしょうが、との波乃の心の声が聞こえる訳がない。キヨは懐に手を入れてちいさい紙包みを取り出すと、波乃のまえに滑らせた。

「一朱しか入ってないけど、終わって足んなきゃ、ほれ、なんたっけ」

「精算かしら」

「そう、きっちり精算すっからさ」

まともな客が相手なら、波乃は差し出された包みを膝まえに置いたままで話を進める。ともかくお話を伺ってからいただきましょう、との気持を示すためだ。しかしキヨを相手に気を遣っても意味がなさそうなので、一朱の包みを懐に納めた。

「でしたら一朱、たしかにいただきました」

一両は四千文だったが、相場が変わって今では六千四百文くらいになっているとのことだ。一両は四分で一分は四朱なので、十六朱で一両となる計算だ。つまり一朱はおよそ四百文である。

信吾が営む将棋会所の席料は、二十文を払うと一日中出入りが自由であった。その二十倍の四百文が多いか少ないかは、相談が終わってみなければわからない。もっとも、どう転んでもまともに収まりそうにはなかった。

それはともかくとして、波乃にはキヨのことがいま一つわからないのである。蓮《はす》っ葉《ぱ》な喋り方をするのに、着ている物や履物、簪《かんざし》などは一瞥《いちべつ》しただけで、そこそこの品だとわかった。

ある程度裕福な商家の、何人もいる姉妹の下のほうかもしれない。小遣いは潤沢にもらっていながら放任されているので、おなじような境遇の娘たちと、いつもいっしょに遊んでいるという気がした。

いけない。お客さまの穿鑿《せんさく》はするなと信吾に言われているのに、ついやってしまった。それだけ、キヨが相談客として異質ということだ。

しかし相談屋としては、どんな相手にもちゃんと接しなくてはならないのである。

「男の子二人と女の子二人で四すくみ。それぞれ好きな人がいるのに、相手はべつの人を好いている、ということですか。キヨさんでなくても、だれかに相談したくなりますね」

「だろ」

ではなくて、「でしょう」でしょう。これでは笑うに笑えない。

「仮にいろはにでも一二三四でもいいですが、その四人の中にキヨさんもいるということですね」

「すッごーい。さすが相談屋さん」

少しもすごくない。

「キヨさんが好きな人はべつの女の人を好きで、まるで好きでない人にキヨさんは好かれている。となると四人は幼馴染《おさななじみ》か、でなくても全員が知りあいでしょうから、キヨさんが悩むのは当然だと思います」

「だよね。だからあたし、どうすりゃいいのかわかんなくて困ってんじゃない。どうすりゃいいの、波乃さん」

どうしようもないですね、と言えればどれだけ楽だろう。

いちいち反応していたら際限なくなるので、心の裡《うち》で突っこみを入れるのは止《や》めようと波乃は決めた。馬鹿らしいですまぬどころか、次第に虚《むな》しくなってきたからだ。それと最初に感じた切迫感とその後の遣り取りが、あまりにもちぐはぐなので、波乃はなんとも落ち着かなかった。

「あんたといっしょになれないくらいなら、死んでやるって利三郎《りさぶろう》を脅してやろうと思ったんだけどさ」

ここまで来てやっと、キヨの好きな男の名が利三郎とわかったのである。

「それはいけません、キヨさん。死んで花実が咲くものか、と言いますからね」

「へえェ、波乃さんでも慌てることがあるんだ。だけど、ちょっと考えたらわかると思うけどな。あたしが死ぬ訳ないっしょ。芝居だよ。死んだ振りをするだけに決まってんじゃん」

腹立たしくはあったが、波乃は辛《かろ》うじて顔には出さなかった。

「だけどだよ、死んでやると言われて利三郎がうろたえりゃいいけどさ、『あ、そう』で終わっちゃったら、こっちが馬鹿見るだけじゃん。そんな惨めなことってないでしょ。死ぬ気なんて毛ほどもないんだから」

仲間内で喋っているそのまんまで、とても相談しているとは思えなかった。おそらくキヨは、波乃がどう感じているかなど考えることもできないのだろう。留吉《とめきち》やハツたち、将棋会所に通う子供客のほうが、よほどしっかりしてまともであった。

仕事なのだから我慢しなければと自分に言い聞かせるのだが、波乃は話し掛ける気にもなれない。黙っているとキヨがぽつりとつぶやいた。

「だったら殺すしかないよね」

物騒なことを平然と口にしたが、「だれをですか」と訊くまでもない。キヨが惚《ほ》れているのに見向きもしない男、その利三郎が好きな女でしかあり得ないからだ。

ここまで話してきて、波乃は利三郎がキヨに興味を示さないのは、むりもないとしか思えなくなっていた。もしかすれば利三郎が好きな女は、おなじ思いで利三郎を無視しているのかもしれない。

幼馴染かどうかはともかく四人は知りあいだろうと波乃が言ったとき、キヨは否定しなかった。同類であるとすれば、それこそ絵に描いたような四すくみでないか。女か男のどちらか一方、あるいはだれかが魅力的であれば、四すくみになるなど考えられない。

信吾は困っている人、悩んでいる人の役に立ちたい、悩みをなんとしても解消したいからとの理由で、相談屋を立ちあげた。だが波乃には、キヨの悩みやそれに関する相談は、信吾の思いとは随分かけ離れているとしか思えなかった。

しかしどうであろうと悩みは悩みで、悩みに上下があると思うのは不遜だという気がしないでもない。真剣なのか、深刻に悩んでいるのかと問えば、キヨは真剣で深刻だと言うに決まっている。今のキヨにとって自分たちが四すくみになったことが最大の、いや唯一の悩みかもしれないのだから、それをどうのこうの言うことはできない。

キヨには思ったことと感じたことを、深く考えずに口にするきらいがあった。だとすれば、波乃もキヨに調子をあわせるべきなのだ。

「それしかないかもしれませんね」

「それって、殺すってことだろ。そんなことできる訳ないよ」

「だってその人がいるから、利三郎さんはキヨさんを」

「サヨはあたしの一番仲のいい友達だよ。そのサヨを殺せっての、波乃さんは。おとなしそうな顔してて、ひどいことを言う人なんだなあ」

自分で殺すしかないと言っておきながら波乃を責めるのは、深く考えることなく言ったからだろう。相談客がそうなら、いつまでも調子をあわせてばかりもいられない。

「もう一人の女の人はサヨさんだとわかりましたが、男の人はなんという名ですか」

無視されたと感じたのかもしれないが、言われたキヨは唇を尖《とが》らせるようにして黙ってしまった。

「キヨさんの悩みをきれいさっぱりなくすためには、四人全員の名前がわからないと話が滑らかに進みませんからね」

その理由を波乃は説明した。男二人に女二人の計四人だから、仮に「いろはに」でも「一二三四」あるいは「春夏秋冬」それとも「甲乙丙丁」としても話せなくはない。例えば春夏秋冬に割り当て、春と秋を女の人、夏と冬を男の人とする。キヨとサヨが春か秋のどちらか、利三郎ともう一人の男が夏か冬になる訳だ。

春は夏が好きなのに夏は秋が好きで、春には見向きもしない。一方の秋は冬が好きなのに、冬は春が好きで秋にはまるで気がないのだ。キヨの悩みを解決しようとしているのに、「いろはに」や「一二三四」、また「春夏秋冬」や「甲乙丙丁」を当《あ》て嵌《は》めると、いちいちキヨとかサヨ、利三郎ともう一人の男に置き換えなければ、話が進まないのである。

「煩わしいだけでなく、こんがらがってしまって、それではいつになってもキヨさんの悩みは、なくならないかもしれませんよ」

三

キヨは唇を尖らせたままで、まるで幼児の膨《ふく》れっ面《つら》である。もしかすると「だったらいいや」と言い出すのではないだろうかと波乃はふと思った。

相談屋としては不本意な結果となるが、そうなっても仕方がないと、波乃はいつしか自分に言い聞かせていた。信吾には相談屋失格だと言われるだろうが、なんとしてもキヨの悩みを解決してあげなくてはとの気持になれないのである。

こんな思いになったのは、相談屋になって初めてであった。これまでの相談事では、いつも自然に生まれていた腹の底から湧きあがる熱意が、今回にかぎって感じられない。

「波乃さんがもう一人の名前を教えなきゃ、どうしてもこれから先には一歩だって進めないってんなら言うけどね。春夏秋冬や一二三四と、それほどちがうとは思えないんだよ」

「そうでしょうか。キヨさんがそうお思いなだけで、案外すんなりと解決できるようになるかもしれませんよ」

「和三郎《わさぶろう》」

吐き捨てるようにサヨは言った。当然かもしれない。利三郎に夢中のキヨは、和三郎には洟《はな》も引っ掛けないのだから。

「なるほど。キヨさんにサヨさん、利三郎さんに和三郎さん。紛らわしいですね」

「だろ。四人で喋っていてもまちがえることがあって、大笑いしたり、喧嘩《けんか》になったりするくらいだもん」

「たしかにこんがらがりそうですけど、春夏秋冬や一二三四よりずっと人らしいですよ。名前だと顔や声に結び付きますからね」

四人全員の名前がわからないと話が滑らかに進まないと言うと、キヨは厭々《いやいや》ながらも四人目の和三郎の名を告げた。滑らかに進まないと言っただけで、一瀉千里《いっしゃせんり》に片が付くという意味ではない。だがそうなったからには、波乃としてはなんとしても解決に向けて動き出さねば、せめて取っ掛かりを摑《つか》まなくてはならなかった。

「キヨさんたち四人は、ずっと以前から四すくみではなかったのでしょう」

「ずっと以前って」

「例えば手習所に通っていたころとか」

「だって餓鬼だよ。そりゃ好きとか嫌いとかはあっただろうけど、なんせ餓鬼だから」

「そうすると、四すくみだなって感じた最初はいつ、というか何歳のときでしたか」

問われて考えはしたようだが、キヨはすぐに投げ出した。

「わかんないよ」

「なぜかしら。ご自分のことですよ」

「だって、気が付いたときにはそうなってたんだもん」

「四人はいつもではないとしても、いっしょのことが多かったのでしょう。するとそれぞれの良い面、素晴らしい面も見えるけれど、同時に悪い面、厭な面も見てしまう。見たくなくても見えてしまいます。そういうことが少しずつ積み重なって、キヨさんは利三郎さんを、利三郎さんはサヨさんを、サヨさんは和三郎さんを、和三郎さんはキヨさんを好きになったのだと思うの。その逆もありましたね」

一つの例を出せば十分わかるのに、波乃はくどくどと全部並べてしまった。そしてうっかり、「その逆もありましたね」と付け足してしまったのである。

「キヨは和三郎を、和三郎はサヨを、サヨは利三郎を、利三郎はキヨを嫌い、それも大嫌いになってしまったってことだね」

すぐさま反応があったが、そういうところがいかにもキヨらしかった。なににでも反応はするけれど、それに関して深く考えることはしないのである。

「だけど、ちょっと変だよ」

「なにがでしょう」

「普通はさあ、男前だとか恰好《かっこう》いい、喧嘩に強いなんて男を、二人も三人もの、いやもっとたくさんの女が好きになって騒ぐよね」

「その逆もありますね」

「一人の女に何人もの男が、だろ。だったら、あたしらの四すくみはちょっとおかしいよ。どう考えても変だよ」

「あら、どんなふうに変なのですか」

波乃は軽い気持で言ったが、キヨはやけに真剣な顔になった。

「一人のところにだけ、なんてったっけ、どっと集まるって」

「集中かしら」

「それそれ。あたしらにそれがなかったってことはさ、良くも悪くも四人は似たり寄ったりで、飛び抜けた男も女もいないってことじゃないのかな」

波乃がとっくに気付いていたことに、今ようやくキヨは思い至ったようだ。

「さっきキヨさんは、気付いたときには四すくみになっていたという意味のことをおっしゃったけれど、いつの間にかそうなってしまったのでしょうね。ということは、四すくみと言っても、きっちりしたものではないということですよ」

「そうかなあ」

「どことなくあやふやなのではないでしょうか。だとすれば遣り方次第では、なんとかなるかもしれませんよ」

「なんとかって、一体どうするのさ」

「四すくみの人たちの気持を揺さぶるとか」

「揺さぶるったって、どうやんのさ」

「言葉です。普段、わたしたちが喋ったり、手紙を書いたり、唄ったりしている言葉を使えば、なんとかなるかもしれません」

キヨの理解の範囲を超えたらしいので、わかりやすい、具体的な例を示すべきだと波乃は思った。

「とてもおもしろいというか、驚くようなことを主人から聞いたのですけど。あッ、主人もいっしょに相談屋をやっていましてね」

「知ってるよ。信吾さんだろ。『おやこ相談屋』のまえは『めおと相談屋』だったじゃない。亭主と女房、つまり信吾さんと波乃さんでやってたからだろ」

「でもわたしは手伝い、助手《すけ て》みたいなもの。キヨさんのような娘さんは、わたしが相談に乗るようにしているのですよ」

「で、おもしろい、驚くような話って」

「いけない。横道に逸《そ》れちゃいましたね」

催促されて波乃は話し始めた。名前は言い換えるなど、相談屋としての決まり事は当然だが守らねばならない。具体的なことには触れないように話したが、信吾から聞いたのはこんな話だ。

幼馴染で手習所もいっしょだった完太《かんた》、寿三郎《じゅさぶろう》、鶴吉《つるきち》とは、信吾は特に親しくしている。竹馬の友ならぬ竹輪の友だ。

竹輪の友の三人ほど親しくはないが、仲のいい知りあいに男の子と女の子がいた。先ほどの仮の名に倣《なら》って、お春《はる》と秋吉《しゅうきち》としておこう。幼いころからの知りあいなのに、二人はさほど親しくない。というよりまるで関心がなく、興味が持てないらしいのだ。

次のような会話が、完太、寿三郎、鶴吉、そして信吾のあいだで交わされたのは、手習所を修了してほどなくだそうだ。ということは十三、四歳で、それぞれが家の仕事を手伝いながら、暇を見付けては、あるいはなにかと理由を作っては集まっていたころである。

「お春と秋吉をいい仲に、というより夫婦にさせられないだろうか」

信吾がふと思ったというふうに洩らすと、言下に寿三郎が打ち消した。

「むりむり。だってあの二人、互いにまるで関心を持っていないもの」

「たしかにそうだけど、なにかのきっかけがあれば仲良くなって、ひどくいい夫婦になりそうな気がするんだよ」

「信吾は勘が鋭いからな」と、完太が言った。「言われて気付いたけど、似合いの夫婦になりそうな気もするよ。それにあの二人を夫婦にできたら、ちょっと愉快じゃないか」

「おもしろがって夫婦にさせられちゃ、二人はいい迷惑だよ」

鶴吉がそう言ったが、完太は自分の考えが楽しくてならないらしい。

「まるでくっつきそうにない二人をくっつける、それだけでもすごいと思わないかい。案外いい夫婦になったりしてな。子供をたくさん作って幸せになりました、なんて」

「お伽噺《とぎばなし》だよ」と、寿三郎は冷ややかだ。「夢。むしろ妄想と言ったほうが、いいんじゃないか」

「夢を実現させることこそ男の夢だろ」

いつものんびりしている完太がムキになったように言うと、寿三郎は決め付けた。

「できないから夢物語って言うんだよ」

「おれはできないことはないし、難しいからこそ遣《や》り甲斐《がい》があると思うな」と言ってから、信吾はおおきく首を縦に振った。「と言うより、なんとしてもお春と秋吉を夫婦にしたいんだ。絶対にいい夫婦になると、自信を持って言えるよ」

「だったら賭けないか」と、寿三郎は信吾を挑発した。「お春と秋吉を夫婦にさせられるか、絶対にむりかだが。どうする信吾」

「おれは真剣に二人を夫婦にしたいんだよ。そんなことで賭けなんかしたくないな」

「恰好いいことを言って、自信がないんだろう」

そう皮肉ったのは、寿三郎でなく鶴吉であった。

「そこまで言われたら、受けない訳にいかないね」

ということで賭けは成立した。お春と秋吉を夫婦にできると考えたのは完太と信吾、絶対にむりだと判断したのが寿三郎と鶴吉で、竹輪の友は二つに割れたのである。

期限は半年とした。ただし夫婦にするには時間がなさすぎるので、恋仲にできるかどうかを賭けることにしたのだ。


「どうなったと思いますか、キヨさん」

またしてもキヨは唇を尖らせ、虚空を睨《にら》んでいたが、やがてきっぱりと言った。

「むり。駄目。だって、たったの半年だよ。片方を好きにさせるだけでも難しいのに、両方をなんて考えられない。夫婦どころか恋仲になんかなる訳がないよ」

波乃はおおきくうなずき、キヨが鼻の孔《あな》を膨らませるのを見て言った。

「お春さんと秋吉さんは恋仲になり、この春めでたく夫婦になります」

「そんな馬鹿な」

「まさに、そんな馬鹿な、ですよ。それだけ言葉の力は強いのです」

「言葉ァ」

「言葉とその使い方、特に上手な繰り返しは、ときとして思わぬ力を発揮しますからね」

四

信吾と完太は分担を決めたが、話しあいはすぐに終わった。二人とも相手の特質をよく知っていたからだ。

物干竿《ものほしざお》が渾名《あだな》の完太は、細身でやたらと背が高い。そして飄々《ひょうひょう》として捉えどころがなく、ひどく世間離れした印象を与える。だから若い女性に警戒されないだろうとの理由で、お春を受け持つことにした。

どちらかと言えば理屈っぽい信吾が、秋吉の担当となった。

作戦は極めて単純であった。

完太はお春に、秋吉のことをそれとなく話すのである。お春が子供たちに慕われるのは、性格がよくて気持が優しいからだ、と秋吉が言っていた、などと。お春の手提げ袋はとても形がいいし、おおきさと色の組みあわせ方がすばらしい。姉がそう褒めていたと秋吉が言っていた。そういうことを、なにかの拍子に思い出したというふうに、さり気なく話すのである。

おなじ伝《でん》で、信吾はお春がおまえに好意を抱いているらしいと、秋吉のいい面にも触れながら話し掛ける。それも具体的な内容を挟んで話し、一回かぎりでなく適当な間を置いて繰り返すのだ。

人が自分に好意を抱いているらしいと知らされて、悪い気がする者はいない。異性ならなおさらだろう。いかに無関心であっても、次第に気に掛けるようになる。すると当然、良い面も悪い面も見えるのだが、相手が自分に好意を抱いてくれているとわかれば自然と良い面に目が向く。

ただ、一人からだけ言われていることに気付いて変に思うかもしれないので、稀《まれ》にではあっても信吾がお春に「秋吉がね」と、完太が秋吉に「お春がね」とささやき掛けたのである。するとふた月もするとお春と秋吉は言葉を交わすようになり、期限と定めた半年目にはすっかり恋仲になっていた。

昨年の秋、信吾と完太は揃って宮戸屋に招かれた。席を設けたのが秋吉とお春だと知って驚いたが、二人が招かれたのにはちゃんとした理由があったのだ。

あれ以来、秋吉とお春の付きあいは続いていた。両家の家族にも紹介したが、そういうことならと仲人を立てて、挙式が決まったのである。

「式が決まってからあれこれ話しているうちにね」と、ちらりとお春を見てから秋吉は続けた。「おれたちは、二人の策略にまんまと嵌められたことに気付いたのだ」

それなのに、このような席に招いてくれたということは、当人たちが怒ったり恨んだりしていないことになる。となれば白を切ったり惚《とぼ》けたりは意味をなさない。しかし竹輪の友の四人が話しているうちに、ひょんなことから賭けになったことだけは、口が裂けても言ってはならないのだ。

「そのことだけど、秋吉とお春さんは釣りあいの取れたいい夫婦になれると思うのに、どうして互いに惹《ひ》かれないのだろうという話になってね」

信吾がそう言うと完太があとを引き継いだ。

「お春さんが秋吉の、秋吉がお春さんの良い面、素晴らしさを知らない、気付いていないからにちがいない、という結論になったってことさ」

「であれば知らさなきゃと、自然とそうなるじゃないか」

信吾の言葉に秋吉は苦笑した。

「信吾と完太の作戦だなんて、疑いもしなかったからね。式が決まったあとでお春に訊かれたんだよ。あのときはとても驚いたけど、それまで見向きもしなかったあたしに、どうして急に話し掛けようと思ったのって。なんだかんだ話しているうちに、そういえばお春がおまえのことを褒めてたよと、信吾に言われたのを思い出してね。何度か言われているうちに、次第に気にするようになったって言ったんだ」

「それであたしも、完太さんにおなじようなことを言われたのを思い出したの」

「それが二人ともおなじ時期だったから、してやられたとわかったのさ。どうすると訊いたら」

「信吾さんのご両親は東仲町で料理屋さんをやってらっしゃるから、そこへお二人を招きましょうよと言ったんです」

「おれはてっきり、吞《の》まして気分をよくしたところを、徹底的にとっちめようってことだと思ったら」

「神さまにそんなことできませんよって。だって完太さんと信吾さんは、あたしたちの結びの神さまですもの」

　信吾と顔を見あわせてから、完太がお春と秋吉に言った。

「じゃあ怒っていないんだね。策略にまんまと嵌められたと言われたときには、今日は無事に帰れないなと覚悟したんだよ。いや、冗談じゃなく」

「完太と信吾は悪戯のつもりで、おもしろ半分に始めたんだろうけど」

「だから悪戯なんかじゃないって。いい夫婦になると思ったから」と言ってから、信吾は苦笑した。「これ以上ムキになると、やはり悪戯だったじゃないかと言われそうだな」

「悪戯をいけないなんて言ってないよ」と、秋吉は笑った。「だって完太と信吾から悪戯を取ったら、なにが残るんだ」

「そうか。なにも残らないな」

　たまらずというふうに、お春は噴き出してしまった。

「それにしても、よく悪戯を思い付いてくれたよ。でないと自分の伴侶となる人がすぐ傍《そば》にいることに、生涯気付かなかったかもしれないんだからね」

「どれだけ感謝しているか、お二人にはわかっていただけないかもしれませんね」

　そのときである。お春と秋吉がまるで申しあわせでもしたように、同時に手を突くと深々とお辞儀をした。完太と信吾は戸惑わずにいられなかった。

「やめてくれよ。おれたちは、秋吉とお春さんが夫婦になればいいのになあと思って、やっただけなんだから」

　信吾の言い訳を無視して、完太が感に堪えないように言った。

「秋吉とお春さんは、いい夫婦になるよ。だってお辞儀したときの呼吸が、ぴたりとあっていたもの。練習をしたって、あそこまでは揃わないからね」

「完太にしては気の利いたことを言ったけど、それっておれたちを嵌めたときの続きじゃないだろうね」

　秋吉に言われて完太は大袈裟に頭を掻《か》いた。

「ばれたかあ」

完太が本心ではなく、その場の者を笑わそうとしての芝居だとわかっているのに、お春と秋吉はうれしくてならないというふうに笑った。

わかりやすい例ということもあり、それなりに納得したはずだと波乃は思ったが、キヨは唇を尖らせたばかりか、不服そうに頰を膨らませている。

「そりゃお春と秋吉の場合は二人きりだし、両方にちゃんと話せる人がいたからいいけど、あたしたちは四人だよ。それにだれに話を持ち掛けるかを決めたって、だれもが納得するように話せる人がいないもん」

「いいえ、わたしはおなじようにやれないかとか、やればどうでしょうと言っているのではないのですよ。まるっきり気に掛けてもいなかった二人が、友達のちょっとした言葉がもとで夫婦になるでしょう。キヨさんたち四すくみのみなさんも、やり方次第では四人のだれもが納得できるいい結果を、得られるかもしれません」

「得られるかもしれないってことは、得られないかもしれないってことだろう」

「でもやってみないとわかりませんよ。あれこれ試してみれば、思いがけない良い方法がきっとあるはずです」

「どんな」

波乃は「うッ」と詰まりそうになったが、ここはなんとしてもキヨを説き伏せねばならなかった。

「それを考えるためには、四人のことをよく知らなくてはなりません。場合によってはかなり細かなことまで、話してもらわなければならないと思うのですけど」

「それぞれの都合や秘密もかい」

「相談屋が絶対にだれにも洩らさないと信じて話していただくしか、キヨさんの悩みはわたしには解決できそうにありません」

「なんからなんまで洗い浚《ざら》いだろ」

「場合によっては」

「うーん」

とキヨは唸《うな》り声《ごえ》を出した。

「四すくみのみなさんと、相談なさってもよろしいのですよ」

「ちょ、ちょっと」

キヨは呆れ返ったという声を出した。

「波乃さんは、あたしがなんで相談に来たか知ってるよね」

「利三郎さんが好きでたまらないのに、利三郎さんはサヨさんに夢中で、キヨさんのことを見向きもしてくれない。和三郎さんはキヨさんを好きだけど、大嫌いなので構わないでもらいたいってことでしょう」

「そんなこと、みんなに相談できる訳がないじゃないか」

「もちろんです。できるくらいなら、わたしに相談に見える訳がありませんからね」

「それがわかっていながら、なんでみんなに相談してもいいなんて言ったのさ」

「お仲間のだれかに相談できる訳がないことを、キヨさんにはっきりとわかってもらうためです」

キヨは目を白黒させた。まるで咽喉《のど》もとに、刃《やいば》を突き付けられたように感じたのではないだろうか。相談に乗ってもらっているのに、波乃が突き放すようなことを言うとは信じられなかったにちがいない。

「わかったよ。みんなには相談せず、知られもせずに、なんとかしなきゃならないってことだろ。そんなこと本当にできるの」

「ですから、なんとかするためには四人のことを、なにからなにまで話していただくしかないのです」

「うーん」

ふたたびキヨは唸り声を発したが、やがて腕を組んで天井を見あげてしまった。

「ちょっと待ってよ。考えさせて」

「十分に考えてください。多分、今すぐにどうするかを決められないと思いますから」

波乃は先ほど懐に仕舞った一朱の包みを取り出し、畳の上をキヨのまえに滑らせた。

「お役に立てませんでしたので、これはお返しします。なにもかも打ち明ける決心が付きましたら、改めて相談に乗らせてもらいましょう。相談料は、キヨさんの悩みが消えたときにいただきますから」

波乃はキヨに下駄《げた》を預けたのである。これまでの流れでは、波乃には解決法が、いやそれに繋がる糸口が見付けられなかった。

となれば白紙にもどすしかないではないか。果たしてキヨが打ち明けるかどうか、打ち明けるとしてもどこまでかはまるで不明である。だから波乃は下駄を預け、次にキヨと会うまでに、自分なりに洗いなおしてみようと思ったのだ。

五

「なにか良いことがあったのですか」

夜の食事の用意ができたことを大黒柱の鈴で報《しら》せると、やって来た常吉は土間に入るなり、鼻をうごめかしてそう言った。

「あら、なぜそう思ったの」

「旨《うま》そうな匂いが、……うわッ、すごーい」

板の間に並べられた箱膳の皿を見て、常吉は思わずというふうに歓声を挙げた。

「これはなんですか」

自分の箱膳のまえに坐るなりそう訊いた。

「お魚ですよ」

「それくらいわかりますけど、なんて魚なんですか」

「それは食べてのお楽しみ」

言いながらお茶漬けの茶碗を、波乃が三人の膳に置いた。信吾が両手をあわせて「いただきます」と唱えると、波乃と常吉もそれに唱和した。

魚の皿を一瞥した信吾はすぐにわかったらしく、「ほほう」と言いたげに口元を緩めた。

常吉は真っ先に皿に箸を伸ばし、きれいな褐色をした魚肉の小片を口に運んだ。そして口をもごもごさせて味わっている。呑みこむのがもったいないと思ったのか、随分と口を動かしていたが、ようやくのこと咽喉から胃へと送りこんだ。

それを見て波乃がからかい気味に訊いた。

「わかりましたか」

「わかりません、けど」

「けど」

「こんなおいしい魚は初めてです」

「相談客のお武家さまが、旦那さまにご馳走《ちそう》してくださったそうなの。あまりにもおいしそうなので、真似して作ってみたんだけど」

「あのとき食べたのよりずっとおいしい」

「うれしいわ。お世辞でも、そう言っていただくと」

波乃に言われて信吾は真顔で言った。

「お世辞なんかであるものか」

「でしたら、ときどき作りますね」

「毎日でもいいです」

常吉が真顔で言ったので、波乃は思わず噴き出してしまったほどだ。

いつもはガツガツと掻きこむように食べるのに、常吉は魚肉をちいさな塊に分けて随分と時間を掛けて味わっている。

「ご馳走さまでした」

食べ終わるなり、常吉は波乃に訊いた。

「ところで、なんて魚ですか」

「鮪《まぐろ》よ」

「これが鮪ですか。名前を聞いたことはありましたけど、食べたのは初めてです」

「鮪の生姜《しょうが》焼き。今朝、棒手振《ぼてふ》りの魚勝《うおかつ》さんが、あがったばかりの鮪の切り身がありますよって薦めてくれたの。それで旦那さまのお話を思い出して」

信吾が大身の旗本に相談絡みで呼ばれたのは、神田川を挟んだ筋違御門《すじかいごもん》の北側にある花房町《はなぶさちょう》の料理屋「安房屋《あわや》」であった。そのとき相手は信吾に得意気に解説したのである。

傷《いた》むのが早いので敬遠されていた鮪だが、醤油《しょうゆ》漬けにすると保存が利く。安房屋では醤油漬けにした鮪に、擂《すり》生姜をたっぷりと載せて焼いた。これが絶品で、鮪は下魚《げうお》と蔑《さげす》んで武士は喰《く》わないが、その旗本は安房屋に来るとかならず食すとのことであった。

「わたしが話したのを思い出しただけで、これだけの味が出せるのだから、波乃は大した料理人だな」

「波の上は喜んでくれるかしら」

鰻重《うなじゅう》が名前の由来となった番犬の餌に、波乃は鮪の生姜焼きの切れを乗せてやった。

「そりゃ、涙を流して喜びますよ」

餌皿を手に常吉が将棋会所にもどると、信吾と波乃は表の八畳間に移って茶を呑んだ。

「なにか良いことがあったのかい」

信吾が常吉とおなじことを訊いた。

「ちょっと変わった娘さんが、とても変わったというか、難しい相談に見えましてね」

と言って、波乃は微笑《ほほえ》んだ。「でも、良かったのか悪かったのか」

「良かったに決まってる」と、信吾は断言した。「難しい相談で苦しめば、いつかかならず役に立つからね」

そう言い切れる信吾が波乃は羨ましかった。

朝は一日分のご飯を炊く。波乃は鮪の生姜焼きを、翌朝のお菜《かず》にしようと思っていた。ところが解決の糸口さえ摑めなかったキヨの相談事を、信吾に打ち明けねばならないのが心の負担となっていたのである。それもあって鮪を一食分早く、夜のお菜に繰りあげたのであった。

波乃がキヨから受けた相談を淡々と話すのを、ひと言も口を挟まずに聞いていた信吾は、話し終えるとひと呼吸置いてから言った。

「万全の運びだ。どこに行くかわからぬ娘さんの話を絶えず本筋に引きもどしながら、そこまで聞けたんだから大したものだと思う」

決して遣り方を誤ったのではないと信吾は言ってくれた。気落ちした波乃を慰める意味もあったのだろうが、それがわかっているだけにさらに気が重くなった。

「だって、なんの糸口も見付けられないままに、投げ出してしまったのですよ」

「投げ出しちゃいない。キヨさんの悩みを解決するためには、四人について詳しいことを話してもらわなければならないと提案したのだから」

「手に負えないから下駄を預けたのもおなじだわ。それにキヨさんが自分や仲間の秘密を、話してくれるとはかぎらないもの」

「それでいいんだよ。話してくれたら、それから解決法を考えると伝えたのだから、話してくれなければ打ち切ればいい」

信吾がなんでもないような言い方をしたのが、波乃には意外でならなかった。

「だってそんなことをしたら、『おやこ相談屋』の評判が悪くなりますよ」

「ならないね」

「えッ」と、思わず波乃は信吾を見た。「だって。相談されながら、解決してあげられなかったのに」

「どうにもならないと諦めていた悩みが、波乃やわたしに相談して解消すれば、うれしくなってだれかに話す人はいるかもしれない。だけど相談してもどうにもならなかったら、人には話さない。それを話すまえに、自分がひどい悩みに苦しんでいた事実を、打ち明けなければならないからね」

「信吾さんはそんなふうに、計算ずくで相談者に対していたのですか」

「そうじゃない。波乃が理由もなく苦しんでいるのを見ていられないから、そこまで苦しむことはないと言いたかったんだよ。それに、まだどうなるかわからないじゃないか。キヨさんが思い切って打ち明けてくれれば、それから解決に繋げることだって、できなくはないのだから」

理屈ではそうかもしれないが、もどかしくてならなかったキヨとの遣り取りを波乃は思い出していた。信吾はキヨの話の取り留めのなさを知らないから、そんなふうに言えるのだと恨めしくなる。

波乃は四人に関して詳しい話が聞けたとしても、解決に結び付ける自信はなかった。いやそれよりも、キヨがちゃんと話せるかどうかが疑問なのだ。キヨの考えや思いこみが混じるだろうから、冷静で客観的な内容は期待できそうにない。となると、それを元に判断することは困難ではないだろうか。

少し考えてから信吾が言った。

「受け付けることができない相談事の話は、キヨさんにはしていないようだね」

「ええ。とても、そんな雰囲気ではなかったですから」

受け付けられない相談事は三つある。

第一が金の融通で、相談には応じても、金を与えたり貸したりはできない。

その二は素行調査で、妻、夫、愛人、恋人、息子、娘などの、特に浮気調べなどは扱わない。

三つ目は人を不幸にする相談で、その人の悩みを解消することで、ほかの人が不幸になったり窮地に立たされたりする相談は受け付けない。わかった時点で打ち切ることもある。

信吾も波乃も、それを適用しなければならない相談事は、これまで経験していなかった。それなのに信吾が持ち出したということは、キヨの相談に関してその危惧があるかもしれないということなのだろう。

「次にキヨさんが来たら、まずそれを話したほうがいい、というより絶対に話すべきだ」

「絶対に、ですか」

「だってキヨさんの相談は、どう考えたって自分勝手すぎるからね。というより、とてもまともな相談とは言えないじゃないか」

キヨは四すくみ状態になった自分たちの問題を、なんとかいい形で解決したいと訴えた。だがそれは建前で本音はべつである。

サヨに夢中になっている利三郎の関心を自分に向け、自分は大嫌いなのにしつこく迫る和三郎を諦めさせたい。それがキヨの本音であった。自分勝手と言えば、これほどの自分勝手はないだろう。

「キヨさんの願いを叶《かな》えるためには、だれかが、いや何人もが、場合によってはキヨさん以外の三人が、犠牲にならねばならないかもしれないんだよ。そんな理不尽なことはないからね」

「信吾さんのおっしゃるとおりですね。あたしは相談を受けた以上、それを解決するのが相談屋の仕事だと思っていましたから」

「そう。そうなんだよ。悩みを取り除いてあげるのが相談屋の仕事だ。ただ波乃はそこにばかり気持が行って、全体が見えなくなっていたようだね。だけどどうしても納得できないのに、それに拘ることはない。しちゃならないんだ」

　言われてみればもっともで、思いがいつの間にか偏《かたよ》ってしまっていたことに、波乃は気付かされた。

「随分と気持が楽になりました」

「かといって、それを振り廻してはならないからね。いざというときのために、最後まで取っておけばいい。相談の仕事は、なにごとも臨機応変でなきゃならないんだよ。だから深刻に考えず、キヨさんが来ることを願うんだね」

「来てくれるでしょうか」

「それはわからない。ただ、来てくれると思ってなけりゃ。しかも解決に結び付いて、ほかの人を不幸にしたり苦しめたりしない情報を、持って来てくれるように願うしかないだろう」

「そうでした。距離を置いて、静かに待つことなのですね」

「いつも言うけど、待つことが相談屋の、一番で最大の仕事だからね」

「これまで受けた相談は、ある程度は筋道を立てて考えられたけど、キヨさんの相談は丸っきりそれから外れていました」

「そう。いい経験になると思うよ。もっとややこしい、訳のわからぬ相談が来ても、今の波乃ならうまく解決できるだろう」

「気楽に言わないでくださいよ。毎回のように悩まされることになりそうだわ」

「と言いながら、一つ一つ解決してゆくのだから、波乃先生はえらい」

「すぐにからかうんだから」

「なんとしても、キヨさんの悩みはいい形で解決したいね。それが終われば、当分のあいだ相談事から離れて一番大事なことに専念してほしいんだ」

「一番大事なことって」

「生まれ来る赤ん坊のことだよ」

言われて波乃は思わず腹に手を当てたが、胎児は健やかに眠っているようであった。

五ヶ月目だった師走にはお腹《なか》はほとんど目立たなかったが、年が明けて六ヶ月目に入ると、さすがにおおきくなってきた。波乃は将棋会所には顔を出さないので、将棋客たちはまだ気付いていないようだ。たまに母屋に来る甚兵衛は気付いたかもしれないが、だとしてもこちらが言うまでは口にしないだろう。

岡っ引の権六《ごんろく》親分は将棋会所にも母屋にも顔を出すが、どうやら気付いているらしい。しかしこちらも、波乃か信吾が言い出すのを待っているようである。

常吉はなにかを感じたら黙っているとは思えないので、まだ気付いてはいないようだ。子供の将棋客で母屋にやって来るのは、女チビ名人のハツであった。ハツとの対局を望む人は多いが、たまに手が空くと母屋にやって来る。波乃と話すためだが、琴を聴かせてほしいと求めることもあった。ハツの信奉者である紋《もん》もやって来る。ハツと紋はあるいは気付いているかもしれなかった。

だが、そろそろ明らかにしなくてはならないだろう。できればなにかをきっかけに、なるべく多くの人に、それも一度で知ってもらいたいと思う。

六

信吾に言われたこともあって波乃はなるべくのんびりしていたが、どうしても思いはそこへ行ってしまう。

キヨからの連絡がないのだ。

あれば波乃が話すのがわかっているので、気を遣ってだろうが信吾はなにも訊かなかった。待つ身は辛《つら》いと言うが、波乃はしみじみとそう思わずにいられない。相談客からの連絡を待つことはこれまでにもあったが、今回ほどじりじりすることはなかった。

キヨが相談に来てから七日目のことである。庭に来るキジバトの番《つがい》に、米屋でもらった屑米《くずまい》を与えていたときのことだ。

波乃は思わず「あッ」と二羽のキジバトが飛び立つほどの声を挙げてしまった。とんでもない失敗をしたことに気付いて、愕然《がくぜん》となったのである。待てど暮らせどキヨが来る訳がないのに、なぜそれに気付かなかったのだろう。迂闊《うかつ》でありすぎた。

キヨの自分勝手な相談にうんざりして、無意識のうちに心から締め出してしまったのかもしれない。

相談を受けたときには、なんとしても解決したいとの思いに心は占められていたはずである。だからこそ言ってしまったのだ。

キヨの悩みを解消するためには、キヨも含め関わっている全員のことをよく知らなければならない、と。だからかなり細かなことまで、洗い浚い話してもらわなければ解決できないと、断言に近い言い方をしたのである。

ところが、それはキヨにできることではなかった。相手の言動には瞬時に反応するが、キヨは物事を考えることをなによりも苦手としている。その特異性を相談を受けた日に痛感していたのに、波乃はキヨの手に負えないことを要求してしまったのだ。

とんでもないまちがいであった。キヨに直接、「わたしが訊くことに、正直に答えていただければいいのです」と言うべきであった。そうすれば時間は掛かるかもしれないが、根気よく続ければかなりのことが訊き出せたはずである。

ところが今となってはそれさえできない。キヨについては名前以外のなにも、住まいも親の家業や家族構成も知らないからだ。キヨについてさえそうなのだから、ほかの三人についてわかる訳がなかった。

相談客の悩み解消のために必要なことさえわかればいい、と信吾は言ったし、波乃もおなじ考えである。これまではそのやり方でやってこられたのだ。

その結果、手の施しようがなくなってしまった。なんとかしようにも、キヨに連絡が取れないのだからお手上げである。

夕食をすませた常吉が、番犬「波の上」の餌を入れた皿を持って将棋会所にもどるのを待って、波乃は信吾に言った。

「あたし馬鹿でした。自分でも呆れるほどのお馬鹿さんでした」

「思ってもいなかった秘密を女房に打ち明けられると、亭主は返答に窮するしかないね」

波乃は腕をあげて信吾を叩く真似をしたが、そうしながらも自然と笑みが浮かぶ。信吾が笑わせることで、波乃の気持を解《ほぐ》そうとしてくれたのがうれしかった。だからすなおな気持で、自分がとんでもない過ちを犯していたことを打ち明けられたのである。

何度もうなずきながら聞いていたが、波乃が話し終えると信吾は言った。

「波乃の読み解いたとおりだとわたしも思う。だけど万が一にも、キヨさんが波乃の問いに答えて、つまり四人のこれまでの関わりや、それぞれについての話をしてくれたら、波乃はキヨさんの願いを解決してあげられるだろうか」

　波乃は言葉に詰まってしまった。

　キヨが利三郎を、利三郎がサヨを、サヨが和三郎を、和三郎がキヨを好いて、自分を好いてくれている相手を嫌っている。そういう事情でありながら、キヨは利三郎の気持を自分に向かわせ、和三郎の願いを諦めさせたいのだ。

　利三郎の気持をサヨからキヨに切り替えさせることは、利三郎に二つのむりを強いることになる。和三郎にキヨへの思いを立ち切らせることは、やはりその思いを無視することなのだ。キヨの願いを叶えるためには、二人の男の思いを無視しなければならない。キヨの対極にあるサヨの気持など考えもしなかった。

「それで信吾さんは、受け付けられない三つの相談事のことを」

「あくまでも手に負えなくなれば、伝家の宝刀を抜かざるを得ないからね。だけど抜いてしまえば引っこみがつかなくなるから、できるなら抜かないですませてもらいたい」

「抜かないで解決できるかしら」

「そう深刻になりなさんな。だってキヨさんから、なにも言って来ていないのだからね」

　信吾はそう言ったが、キヨはまず来ないだろう。万が一来たとしても、正直に話すかどうかは疑問である。自分に都合の悪いことまで喋るとは思えなかった。

それよりもなによりも、もっと早い段階で波乃はそれに気付かねばならなかったのだ。なんとも初歩的な失敗ではないか。

「なんだかあたしって、無意味な取り越し苦労ばかりしてたみたい」

「なにが取り越し苦労なものか。無意味な訳がないよ。相談屋はあらゆることを考えておくべきだからね。そうしておいてさえ、考えてもいなかったことになる場合があるからね」

「信吾さんもそういうことがあるのですか」

「あるはずがないだろうと言いたいけれどあるんだな、しかも毎回のように」

「あらまあ」

とその場は笑ってすんだが、思いもしないことになったのである。

さらに八日が経《た》ったので、キヨが相談に来てからは半月後のことであった。

「お久し振り」

なんとも冴《さ》えない顔でキヨがやって来たのは、朝の四ツ（十時）まえのことだ。波乃は不意打ちのように感じたが、なぜならあらゆる事情から判断して、キヨは来ないはずだと思っていたからである。

来る訳のないキヨがやって来た衝撃は、かぎりなくおおきかった。それでも波乃は、瞬時で相談屋の顔になっていた。

「お待ちしていましたよ、キヨさん」

笑顔で迎えたが、波乃はそれ以上はなにも言わなかった。キヨがどういう状況で来たのか、まるでわからなかったからだ。

しかし、それですませられないのもわかっている。

「お待ちくださいね、すぐお茶を淹れますから」

「ありがとう。波乃さんが淹れてくれるお茶は、おいしいだけでなくて心が和むから」

わずか半月経っただけなのに、前回とは随分と雰囲気がちがっている。話し方などまるで別人のようだ。波乃は笑顔を見せてお勝手にさがった。

お茶を淹れていると、前回の遣り取りや信吾との会話が心を過《よぎ》った。だがそれは除外し、心を白紙にしなければならない。

自分ではちゃんと対応し、判断できていると思っていたのである。ところがあとになって冷静に考えると、いくつもの失敗を重ねていたのがわかった。ともかく新たな気持で取り組まねば、失敗を繰り返すことになるだろう。

キヨにお茶を出し、自分も口に含むと、そっと茶碗を下に置く。

「四すくみが壊れてね」

それだけでは訳がわからないので、波乃は目で問い掛けるしかなかった。

「利三郎が大黒屋《だいこくや》の婿養子に決まったんだ」

キヨの顔が冴えないのは、そのためだったのだ。波乃には言葉の掛けようがなかった。決まりきった慰めでは、却《かえ》ってキヨの心を傷付けてしまうだろう。

「あたしが惚れてたくらいだから、利三郎はいい男なんだ」

利三郎に会ったことがない波乃は、黙ってうなずくしかなかった。

「大黒屋の一人娘が利三郎に惚れちゃった」

大黒屋の屋号は聞いたか、看板を見たような気がしたが、すぐには思い出せなかった。

「それで、利三郎さんは」

「三男坊が婿養子にって言われたんだぜ、ずっと格が上の商家の」

いつの間にか口調が、蓮っ葉だった以前にもどっていた。

「受けたんですね」

「受けない訳がないじゃん」

「キヨさんにはお辛いことでした」

「惚れていた男が幸せになるのだから祝ってやったさ、ってのは強がりでしかないけど」

うっかりしたことを言えないので、黙って次を待つ。

七

「それは仕方ないとしても」

それだけで波乃はピンと来た。

「和三郎さんですね」

「そうなんだよ。やっぱり波乃さんだ。わかってくれるとは思っていたけどね。利三郎が婿養子になるって決まるなり、待ってましたとばかり擦り寄って来やがった。それでなくてもうんざりなのに」

キヨは捨てられたってことだから、いつまでも未練に思ってないでおれと付きあえよと、顔を見るなり言うらしい。

「まるでどさくさに紛れた火事場泥棒みたいで、ますます嫌になってね」

キヨは鬱陶しいと言いながらも、満更《まんざら》ではないようすが伺えた。好きでたまらなかった利三郎に去られたのだ。その上、和三郎からも声を掛けられなければ、キヨは寂しくてならないのではないだろうか。

「キヨさんが一番仲のいいサヨさんは、和三郎さんを好きなのでしょう」

「だから四すくみになっていたんだけどね」

「サヨさんと和三郎さんを、相思相愛にできないでしょうかね」

思わず口にしてしまい、波乃は胸の裡で臍《ほぞ》を噬《か》んでいた。

「ソウシソウアイって」

訊かれたら答えるしかない。

「大好き同士ってことなんですけど」

「むりむり」

「サヨさんは、キヨさんの一番仲のいい友達だとおっしゃいましたね」

「そうだよ。サヨが男だったら、いっしょになりたいくらいだもん」

「でしたら方法はあります。次に和三郎さんが言い寄って来たら、一番仲のいい友達を裏切ったり悲しませたりしたくないから、サヨさんが好きな和三郎さんと付きあうなんてとてもできない、絶対にしたくないと、きっぱりと言ってやりなさい」

「簡単に引きさがるとは思えないけどな」

「そうでしょうか」

「だってあたしから簡単にサヨに切り替えられるくらいなら、あたしを本心から好きじゃないと取られても、仕方ないと思われるじゃない。あいつにはそんなことはできないよ」

「そうでしょうね。でしたらキヨさん、あの手を使ったらどうかしら」

キヨが訳がわからないという顔をしたので、信吾と完太がお春と秋吉をくっつけようとしたときの話を、波乃は繰り返した。サヨが和三郎を好きなのはわかっているので、和三郎にサヨの良さを、いろいろな例を挙げながら根気よく吹きこむのである。

波乃が話し終えるなりキヨは口を尖らせた。

「だれがやんの。利三郎は大黒屋の婿養子になるんだから、当てにできないだろ」

「キヨさんがいるじゃないですか」

「無茶言わないでよ」

「考えてもご覧なさい。あなた以外にだれができますか、そんな大仕事を」

「だとしたって和三郎のやつ、簡単にあたしを諦められるだろうか」

大した自信だと呆れたが、波乃はそんな思いを曖気《おくび》にも出さない。

「だから一番の友達のサヨさんが大好きな和三郎さんと、付きあうなんてことはキヨさんにはどうしてもできないと、それを押し通せばいいのです。サヨさんを裏切るなんて死んでもできないし、したくないと繰り返しなさい。あのとき言ったでしょう。言葉は繰り返し使うことで、思わぬ力を発揮するって」

なにかを感じたらしく、キヨは直ちに反応した。

「それで和三郎に付き纏《まと》われなくなるなら、やってみるだけのことはあるね」

「キヨさんは一番の仲良しだから、サヨさんのいい面をたくさんご存じでしょう。それを和三郎さんにせっせと教えてあげなさい。キヨさんがサヨさんを絶対に裏切りたくないということと、サヨさんの良さを繰り返すのですよ。初めのうちは聞く耳を持たないかもしれませんけど、人はちょっとしたことで一気に引きこまれることもありますから、諦めずに根気よくやることです。ただ……」

波乃は言い淀《よど》んだ。いや、言い淀んだ振りをしたのである。キヨの気持の裏を衝《つ》けば、あるいはかなりの効果があるという気がしたからだ。これまでのキヨの反応ぶりから思い付いたことであった。

「ただ、なにさ」

「いえ、なんでもありません」

「なんでもない訳がないだろうよ。よっぽど不都合なことがあるんじゃないの」

「いえ、そんなことは」

「波乃さんはさ、あたしとちがって育ちがいいから、嘘《うそ》を吐《つ》けないんだよ」

「嘘を吐くなんて」

「言葉はどうとでも言えるけど、声や顔つきは正直だからさ」

波乃は困惑しきった顔になって溜息《ためいき》を吐いたが、それを見てキヨは勝ち誇ったような顔になった。だから波乃は慌て気味に弁解した。

「このまえ相談されて、少しもお役に立てなかったのに、今日はそれ以上にひどいことになってしまったでしょ。わたし、相談屋として申し訳なくて」

「ひどいことって、なにさ」

「ごめんなさい」

「謝るならちゃんと話して、あたしが腹を立てたら、そんとき謝んな」

「だって」

「そんなにうじうじすんなよ、相談屋なんだからさ」

「では申しますけど、気を悪くなさらないでくださいね」

「なさるもなさらぬもねえっての」

「キヨさんが好きだった利三郎さんは、大黒屋の婿養子になりますね」

「ああ」

「キヨさんに言い寄っていた和三郎さんは、キヨさんと大の仲良しのサヨさんと恋仲になるかもしれません。キヨさんが和三郎さんにうまく持ち掛ければですけど」

「そうなってもらいたいもんだわ。そうすりゃこっちは、気がせいせいする」

「四すくみだった四人のうちの三人は相手と結ばれるのに、キヨさんだけは独りぼっちのままでしょう」

「それを気の毒に思ってくれたのかい。だったら気にしないでもらいたいね。あたしゃさばさばしてんだから。四すくみの輪がなくなったんだ。そんなもんに縛られずにいい相手を探すから、波乃さんが心配することはないんだよ」

精一杯の強がりだと見え透いているので、どことなく哀れでさえある。

「負け犬と思われたくないから、強がってると思われても仕方ねえけど」

思っていたことを指摘されてしまった。

「まさか、そんな」

「いいんだよ、思うのは勝手だから。ただ、自分でも驚いてんだけどさ」

「あら、なにをでしょう」

「心がズタズタになっちまったけど、波乃さんと話しているうちにふしぎとすっきりしてね。となると、あのことはそのままにしておけんだろ」

キヨがなにを言いたいのか、波乃には見当が付かなかった。

「波乃さんに言われたじゃないか。あたしの悩みをなくすために、四人のことを洗い浚い話してもらいたいって」

「そのことでしたら、利三郎さんが大黒屋の婿養子になることで、意味がなくなったでしょう」

「だからそのことを、四すくみが壊れたことを話さなきゃって思ったのさ」

「そうでしたか」

「だけど、どうにも気が重くてね」

「わかります」

「それなのにだよ、波乃さんの顔を見て、淹れてもらったお茶を呑んでるうちに、スーッと嘘のように気が軽くなってね。波乃さんと話してるうちに、つまらんもんに囚《とら》われてたなあって気付かされたんだよ。すると今まで見えなかったもんが、急に見えるようになって。いや、そんな気がしただけかもしんねえけどね」

キヨは懐に手を入れてちいさな紙包みを取り出して、波乃のまえに滑らせた。

「このまえ波乃さんはあたしの悩みを解決できたら、相談料をいただきますと言ったよね。憶《おぼ》えてるだろ」

「はい」

「だから相談料を払うよ」

「でも、わたしはなに一つとしてキヨさんの相談に応じられなかったのですよ」

「波乃さんはどうか知らんけど、あたしはなにからなにまですっきりして、今日ここに来るまえの何倍もおおきくなれた気がするんだ。波乃さんと話していて、それに気付くことができたんだよ。一朱じゃ少ない気もするけど、悩みが消えたんだから、あたしの気持として受け取っておくれ」

言われて波乃は、まじまじとキヨの目に見入った。その輝きは、やって来たときとは比べられぬほど強かった。

波乃は一朱の包みを目のまえにあげ、一礼して相談料を受け取った。
人はなにかをきっかけに、一段も二段も、ときとして数段を駆けあがることがある。
キヨは波乃との触れあいで、それを成し遂げたのだと実感できたからであった。

ちゃからかぽん

一

小気味よく弾んではいるものの、気のせいか音が重く感じられた。その音にあわせて女児らしい声が唄《うた》っているが、言葉がよく聞き取れないので却《かえ》って気になってしまう。八畳間で客同士の対局を観戦していた信吾はそっと席を立ち、音を立てぬように障子を開けると、沓脱石《くつぬぎいし》の下駄《げた》を履いて庭におりた。水仙の花弁の白と黄が陽光を受け、緑濃い葉を背景に鮮やかに輝いている。

小鮒《こぶな》と鯉《こい》の泳ぐちいさな池を横に見ながら、将棋会所と母屋を隔てた生垣に近付くにつれ、唄が聞き取れるようになった。

弾んで聞こえたのは鞠《まり》をつく音だったのだ。唄っているのは、波乃が最初に手掛けた相談客のアキであった。そのとき十歳だったので、十一歳になったばかりである。

アキと弟妹たち五人の悩みを解決してやってからというもの、子供たちは「波乃姉さん」と慕ってときどき遊びに来ていた。「姉さんじゃなくて、小母《おば》さんだけどね」と言いながら、波乃は楽しそうに相手をしている。二人の妹は幼すぎるため、弟たちと三人で来ることが多かったが、今日はどうやらアキ一人のようだ。

唄の文句を知りたかったのに、鞠つき唄が終わってしまえば仕方がない。信吾が諦めて引き返そうとしたとき波乃の声がした。

「ねえ、アキちゃん。もう一遍唄ってもらえないかしら。初めて聞いた手鞠唄だけど、とてもおもしろいので」

「いいですよ」

アキの返辞があって、唄は最初から繰り返された。

おんどら　どらどら
どら猫さん　きじ猫さん
おまえとわたしと　駈《か》け落《お》ちしょ
吉原田圃《たんぼ》の　真ん中で
小間物見世でも　出しましょか

軋《きし》まぬように柴折戸《しおりど》をそっと押して、信吾は母屋側の庭に入った。地面が乾いているので、下駄音を立てぬように気を付けなくてはならない。

庭の中央には梅の古木があって、四方八方に枝を伸ばしている。初春とは言ってもまだ冷たい大気の中に、梅の花の甘い香りが漂っていた。
縁側に坐《すわ》った波乃に向けて、アキが鞠をつきながら唄っている。鞠の音と唄がうまくあっていた。

一二三四五六七八九十《ひいふうみいよおいつむうななやあここのとお》
唐《とお》からふった　お芋屋さん
お芋は一升　いくらだね
三十二文で　ござります
もうちと　負《ま》からかちゃからかぽん
おまえのことなら　負けてやろ
笊《ざる》お出し　枡《ます》お出し
包丁俎板《まないた》　出しかけて
頭を切るのが　唐の芋
尻尾を切られる　八《や》つ頭《がしら》

信吾に気付いた波乃はうなずいたが、なにも言わずにアキに目をもどした。
ふと気配を感じて振り返ると、斜めうしろにハツが立っていた。

次の相手の対局が終わるまで間があるのだろう。弾む鞠の音と手鞠唄が気になり、信吾とおなじ思いで柴折戸を押したにちがいない。将棋の勝負になると大人でもたじたじとなるが、こういうところはやはり女の子である。

向かいの小母さん　ちょっとおいで
お芋の煮っころばし　お茶あがれ
あとで　おならはご免だよ

最後の「おならはご免だよ」で噴き出し、笑いながら波乃は手を叩《たた》いた。信吾とハツが思わずというふうに拍手すると、アキが肩をピクリとさせたのは、よほど驚いたからにちがいない。

振り向いて信吾たちに気付くと、聞かれていたのがわかったからだろう、顔を真っ赤にしてお辞儀した。ハツも微笑《ほほえ》みながら頭をさげた。

「いらっしゃい、アキちゃん。一人とは珍しいね」

信吾が笑いかけると、アキは弁解するように言った。

「珍しい鞠つき唄を教えてもらったから、波乃姉さんに聞いてもらおうと思ったの」

「この人はね、女チビ名人が渾名《あだな》の将棋指しのハツさん。ハツさん、こちらは波乃と仲良しのアキちゃんだよ」

アキがハツをとても気にしているようなので、信吾は二人を紹介した。するとアキがあわて気味に言った。

「仲良しなんかじゃなくて、波乃姉さんはあたしたちの悩みをなくしてくれた、大の恩人なんです」

ハツは戸惑い顔になったが、言われた意味に気付いたようだ。

「相談屋のお客さんだったのね」

「対局待ちだったらおあがんなさいよ、ハツさん。信吾さんも」

波乃に言われて二人が座敷にあがると、鞠を両手で持ったアキが続いた。

「あたしと弟と妹の五人が、どうしていいかわかんなくて困っていたら、波乃姉さんがこうしたらどうかしらって教えてくれたの」

アキがハツにそう言ったが、波乃はさり気なく話題を変えた。

「さっきの鞠つき唄、あたしは初めて聞いたけど、どこの唄なのかしら」

「向島《むこうじま》の人が教えてくれました。その人も、どこの鞠つき唄かは知らないそうです」

「吉原田圃とあるから、江戸のどこかで唄われているのでしょうけど、聞いたことがないの。新しくだれかが作ったのかしら。でも鞠つき唄は、いつの間にかみんなに唄われるようになったのだから、かなりまえからのものだと思うわ。ハツさんは本所の表町《おもてちょう》だから、向島に近いわね」

波乃は若い二人を結び付けたいようだ。

「あたしはアキさんの唄で、今日初めて聞きましたけど」と言ってから、ハツは波乃に訊《き》いた。「鞠つき唄なんてご存じなんですか」

最初に会ったとき琴を弾じていたので、ハツは波乃を大家のお嬢さんだと思いこんでいるらしかった。楽器商の娘だと知ってからも、その思いは変わらないようだ。

「あたしだって鞠つきはしたし、手鞠唄も唄いましたよ。でも、アキちゃんが唄ってくれたのほどは、おもしろくも楽しくもなかったわね」と波乃は言ったが、ハツが首を傾《かし》げたので説明した。「ただ並べただけっていうのかな。駈け落ちしょ、なんてドキッとさせたり、あとで、おならはご免だよ、なんて笑わせるところもなかったし」

アキとハツは、波乃が遊んだ鞠つき唄を知りたがっているようだ。それがわかったので、仕方ないというふうに波乃は唄い始めた。

いちじく　にんじん
さんしょに　しいたけ
ごぼうに　むかご
ななくさ　はったけ

くわいに　とうがん

波乃の唄った鞠つき唄はハツもアキも知っていたらしく、ちいさな声で途中からいっしょに唄った。

「いちにさんしごと続けば、次はろくなのに、むかごなんて変でしょ。むだったら、ひいふうみいよいつむ、と続かなきゃね。果物と野菜だけで一から十まで揃《そろ》えようとしたから、むりがあったのでしょうね」と、そこで波乃は夫に目を向けた。「信吾さんは、鞠つき唄なんて知らないですよね。女の子の遊びだから」

二

それには答えず、信吾は突然唄い始めた。

あんたがたどこさ　肥後《ひご》さ
肥後どこさ　熊本さ
熊本どこさ　船場《せんば》さ
船場山には　狸《たぬき》がおってさ

それを猟師が　鉄砲で撃ってさ
煮てさ　焼いてさ　喰《く》ってさ
それを木の葉で　ちょいとおっかぶせ

ハツもアキも驚きを隠そうとしなかったが、だれよりも目を丸くしたのは波乃であった。

「まさか、鞠をつきながら唄ったんじゃないでしょう」

「唄わないし、鞠もつかなかった。肥後の人に教えてもらったのでもない。なにかで読んで、さささささと続くのがおもしろいから憶《おぼ》えていたんだね。アキちゃん、ちょっと鞠を見せてくれないかな」

「はい。どうぞ」

手渡された鞠のおおきさと重さに、信吾は正直驚いた。

「これをついてたのかい」

「そうですよ。でも、どうかしましたか」

「軽々とついているように見えたから、こんなにおおきくて、しかも重いとは思ってもいなかったんだ」

さまざまな色の糸を幾重にも巻き重ね、その径が三寸（約九センチメートル）もある。

子供にとってはかなりおおきいし、思った以上に重かった。軽くついているように見えても力がいるはずだが、よく弾むようにつくコツがあるのかもしれない。

「びっしり糸を巻いてあるよ」

信吾が首を傾げると波乃が言った。

「芯は綿だと聞きましたけど」

「だとしても、半分かせめて三分の一は芯でないと、女の子がついて遊べないよな。だからもっとちいさくて軽いと思ったんだけど、ポンポンポンじゃなくてボンボンボンと、音が重たかったからね」

黙って聞いていたハツが、改まった口調で話し掛けた。

「あのね、信吾先生。そして波乃さん」

「なんだい、ハツさん」

「なにかしら」

「鞠つき唄が、それほど気になる理由がある、というか、できたのですか。お二人が唄うとなると、もしかして」

廻《まわ》りくどい言い方なので、あるいはと思ったが気付かぬ振りをする。

「え、どういうことだい」

ハツはちらりと波乃の下腹に目をやり、俯《うつむ》いてしまったが、その顔が次第に赤くなってゆく。

ハツは波乃の懐妊に気付いていた、あるいは話しているうちに、どうやらそうらしいとわかったということのようだ。であれば、変に誤魔化さないほうがいいだろうと信吾は思った。

まだそれほど目立たなかった師走なら、なんとでも言いつくろうことはできたが、年が明けてからそれはむりになった。腹が膨れてきたからだ。

「信吾先生と波乃さんが、鞠つき唄を気になさるのは、もしかしたらおめでたかな、と思ったの」

信吾と波乃は顔を見あわせた。

「男の子だったらいっしょに凧揚《たこあ》げをして、女の子なら鞠つき唄を、……なんて思いながら、お二人が唄われたのかしらって」

信吾は苦笑しながら、頭を掻《か》かずにいられなかった。そろそろと思っていたが、やはり打ち明けるときがきたようだ。

「まいったよ。ハツさんの鋭さは、将棋だけじゃないんだな」

「えッ、そうなんですか。もしやと思ったけど、本当だったんだ。おめでとうございます。うれしい。あたし、うれしい」

はしゃぐハツと照れたように笑う信吾と波乃を見て、アキも意味がわかったらしく顔を輝かせた。

「波乃姉さん、おめでたなんですね」

「実はそうなの」

「いつ生まれるのですか」

「五月の予定よ」

「もうすぐじゃないですか」

ハツがそう言うと、アキが残念そうな顔をした。

「だったら、一人で来るんじゃなかった。波乃姉さん」

「はい。なんでしょう」

「なるべく早く長男《ながお》にむつ、弥生《やよい》とふみを連れて来ますから、そのとき話して驚かせてください。それまでみんなには黙っておくから。あの子たち、どんなに驚くかしら。きっと大喜びよ。だって波乃姉さんと信吾さんの赤ちゃんだもの」

アキたち五人は、いわゆるもらわれっ子であった。捨て子だったり、両親が急病死したのに縁者がいなかったり、いても引き取らないため、町内預かりになっていた孤児である。自分たちの子供を得られないことがわかった兎一《といち》と礼《れい》が、引き取って実の子のように育てていた。

だから養父母とおなじように優しく接してくれる波乃と信吾のあいだに生まれる子は、

アキには自分の弟か妹のような気がするのかもしれなかった。長男、むつ、弥生、そしてふみにとっても、おなじことだろう。

「わかりました。みんなをびっくりさせてやりましょう」

アキと波乃の話が終わるのを待っていたように、ハツが信吾に言った。

「あたし、将棋会所のみんなに話したいな。ね、信吾先生。話してもいいでしょう」

「ハツさんにそう言われたら、だめと言えないものな。それに、どうせわかることだし」

「だったら、次の手習所が休みの日に」

ハツが将棋会所のみんなと言ったのは、子供の将棋客のことだったのだ。

「わたしがいるときにしてくれよ。でないと間が抜けてしまうから」

「おまかせください。うれしいな。なんと言って、みんなを驚かそうかしら」

こういうときには、ハツは年齢相応な素顔にもどるのであった。

「あッ、もしかすると」

そのハツが、いつもらしくない素《す》っ頓狂《とんきょう》な声を挙げた。

「驚いた。どうなさったの、ハツさん」

「ごめんなさい。もしかして赤ちゃんを、びっくりさせてしまったかしら」

「それは大丈夫。お腹《なか》の中に守られているからね。驚いたのはあたし」

「波乃は呆《あき》れるほど馬鹿笑いすることがあるからな。頼むからハッさん、笑わせたりびっくりさせたりしないでくれよ」

「気を付けます」

「で、とんでもないことを思い出したか、気付いたかって顔をしたけど」

「『めおと相談屋』から『おやこ相談屋』に名前を変えたのは、お腹に赤ちゃんができたからではないのですか」

「なかなか鋭いが外れだね。たまたまそうなったけど、実はそうじゃないんだよ。『よろず相談屋』から『めおと相談屋』に変えて、波乃と二人で続けていたんだけど、相談事で一番多いのは親子のことなんだ。『めおと相談屋』だと夫婦のこと、夫と妻のことを扱っているように思われるかもしれない。だから一番多い親子というか、家族全体のことに切り替えたんだ。そのときたまたま、波乃が腹に子を宿したことがわかったんだよ」

「そうだったんですか」

「なんだか、がっかりしたみたいだな」

「そんなことありませんけど」

遣《や》り取《と》りを聞きながら、波乃は微笑を浮かべている。

そのとき柴折戸を押す音がして、障子の向こうから声が掛かった。

「ハツさん。お待たせしました。対局をお願いします」

その声は最近通い始めた若者であった。

「はーい」

おおきく返辞をすると、ハツは目顔で三人に断ってから、八畳間の障子を開けて出て行った。

三

アキが弟の長男とむつを連れて母屋にやって来たのは、二日後のことである。八ツ（二時）を半刻《はんとき》（約一時間）ほどすぎていた。

「信吾さんとあたしに、みんなから話があるそうですよ」

大黒柱の鈴の合図で母屋にもどると、信吾が座蒲団《ざぶとん》に坐るのを待っていたように波乃が言った。

「波乃姉さん、それに信吾さん。ごめんなさい。ほんとは五人でと思ったのだけど、弥生とふみは遠いから連れて来ませんでした。足手まといになるのでダメだと言ったら、二人が大泣きに泣いちゃって」

アキたちの住まいは神田らしいが、弥生は五歳でふみは四歳だから、浅草の黒船町まではいくらなんでも遠すぎる。

「なにがいいだろうって、みんなで相談したんだけど」とアキは懐から包みを取り出して、波乃のまえに置いた。「波乃姉さん、おめでとうございます。信吾さん、おめでとうございます。あたしたちの気持を受け取ってください」

「あら、なにかしら」

波乃は額のまえに頂くようにしてから紙の包みを開き、同時に「あッ」というふうに口を開いた。

「みんなで、これをあたしに」

見られたアキと長男そしてむつは顔を見あわせたが、急に不安そうな顔になった。

「迷いに迷って決めたんだけど、気に入ってもらえましたか」

「ありがとう、みんな。今のあたしにとって一番の贈り物です。こんなにうれしいことはありません。弥生ちゃんやふみちゃんにも、波乃がありがとうとお礼を言っていたと伝えてくださいね」

声を震わせて言った波乃の目から、大粒の涙が流れ落ちた。喜びも哀《かな》しみも驚きも、波乃は人一倍気持に表れる。箍《たが》が外れたように馬鹿笑いするかと思うと、ポロポロと涙を零《こぼ》すこともあった。お礼の言葉にアキたちは安堵《あんど》したようだが、涙にはさすがに驚いたようだ。

紙に包まれていたのは、錦織《にしきおり》の袋に入れられた水天宮の安産お守りであった。五人が小遣いを出しあって求めたのだろう。

波乃が話すまでみんなには黙っておくとアキは言ったが、そんなことができる訳がなかったのだ。五人が鳩《はと》のように頭を寄せあって、相談して決めたにちがいない。

「水天宮さんまで行ってくれたのね」

波乃が手巾で目元を押さえながら訊くと、答えたのはアキであった。

「ほんとは昨日来たかったんだけど、手習所が終わってからになるでしょう。帰りが遅くなっては父さんと母さんが心配するから、今日にしたんです」

手習所は八ツに終わるので、それから水天宮に行ってお守りを求めていては、黒船町に来るのは七ツ（四時）近くになるだろう。神田まで帰らなければならないので、話す時間はほとんど取れなくなってしまう。だから我慢して、一日延期したということなのだ。

波乃は改めてお守り袋を額のまえに頂くと、信吾に頼んで神棚にあげてもらった。

「毎日、朝晩お祈りしますからね」

信吾はアキたちにうなずいて見せた。

「きっと元気な子が生まれると思うよ。みんな本当にありがとう」

「よかった」

アキの言葉に、長男とむつも「よかった」と繰り返した。

「男の子と女の子のどちらがいいですか」

アキは波乃と信吾の両方に訊いたのだろうが、問われても答えようがない。考えないことはなくもなかったが、だからといって生まれてみなければどうしようもないのだ。答えられないでいると長男が言った。

「名前は考えてるんでしょう」

弟の正吾にも訊かれたが、思うことはだれもおなじらしい。

「生まれてから考えることにしたの」と、波乃が言った。「だって、男の子か女の子かわからないのに、生まれるまえに考えるなんて、生まれてくる子に対して失礼でしょう」

波乃の言葉が意外だったらしい。

「でも名前は親が付けるものだから」

「だからって、勝手に付けるのはどうかしら。名前はその人が一生背負うものですから」

「ふーん」

どう解釈すればいいかわからないらしく、三人は複雑な顔になった。

「考えに考えて、考え抜いて、一番いいと思う名前にしますからね」

「お菓子かなにかあっただろう」と、言いながら信吾は立ちあがった。「せっかく、みんなが来てくれたのに」

「どこになにがあるか、信吾さん、おわかりじゃないでしょう」

信吾に坐るよう手で示し、波乃は子供たちの菓子を取りに席を外した。

「男の子は母親に似て、女の子は父親に似るって聞いたんだけど」

アキがそう言ったので信吾はうなずいた。

「そう言われているみたいだね」

「どっちがいいですか」

おなじ問いをアキは繰り返した。悪戯《いたずら》っぽい笑いを浮かべてはいたが、目は真剣そのものであった。信吾だけでなく菓子を持ってもどった波乃が言《い》い淀《よど》んでいると、アキはなんとも柔和な笑みを浮かべた。

「男の子は波乃姉さんに似て、女の子は信吾さんに似るとなると」

「となると」

「両方生んでほしいな」と、まじめな顔でアキは言った。「信吾さんに似た女の子と、波乃姉さんに似た男の子を」

「無茶言わないでくれよ。それがわかるのは神さまだけなんだから」

「男の子と女の子だなんて、あたしそんな器用なことはできませんよ」

波乃の言葉も、真剣なのか冗談なのかどちらとも取りかねた。

「器用とか不器用って問題じゃ、ないんだけどね」

波乃が出したお茶とお菓子で、アキたちは十分に楽しんだようだ。赤ちゃんが生まれたら、一番最初に教えてねと念を押してアキと長男、そしてむつは帰って行った。

教えるのはいいとして、信吾も波乃もアキたちの住まいを知らないのである。親の商売も屋号もわからないので、連絡のしようがなかった。信吾たちは相手が言わなければ、こちらからは訊かないようにしているからだ。

「あまり厳密にしないほうがいいのかなあ」

「あら、なにをでしょう」

「相談事に関係がないことは知らなくていい。むしろ知らないほうが惑わされなくていいと思っていたけれど、アキちゃんたちの住まいも屋号も知らないから、子供が生まれても教えられないんだよ。やって来るのを待つしかないのだからね」

「それは仕方ないと思いますよ」

「なぜだい」

「アキちゃんも相談客で、相談料をいただきましたからね」

「でも、相談が終わってからも付きあっているだろ」

「そういう人はけっこういますもの」

「戯作者《げさくしゃ》の寸瑕亭押夢さんだって、柳橋の料理屋か日本橋の書肆《しょし》に行くしかないものな。すこし改めたほうがいいかもしれん。付きあいたいと思う人とは、連絡を取れるようにしておきたいし」

「あたしもそれは感じますけど、相談屋を長くやってゆくには、頑固なくらいの決まり事に従うことも大事だと思うわ。それと人とのお付きあいは、それこそ縁《えにし》ですからね」

「通りかかったらかならず寄ってくださいねって、住まいや屋号を教えてくれる人も多いからな。自然にまかせるのがいいということか」

「信吾さんは相談屋の仕事も人との付きあいも、適度な距離を保つことが大切だとおっしゃったでしょ」

「くっ付きすぎても離れすぎても、うまくいかない」

「やはり今のままでゆきましょう。アキちゃんたちが来たとき赤さんがいたら、なぜ教えてくれなかったのと言うでしょうけど、ごめんね、住まいもお見世の名前も訊き忘れてたの、でわかってもらえますよ」

「なんだか波乃に教えられたようだ」

「アキちゃんたちを哀しませてはいけないという、信吾さんのやさしさが招いた迷いだと思いますよ」

四

そして手習所の休日がやってきた。

子供たちが将棋会所に通うのは、手習所が休みの一日、五日、十五日、二十五日の月に四回であった。ハツは祖父平兵衛《へいべえ》の体調が悪くなければ、ほぼ毎日通っている。

五ツ（八時）まえから子供客が顔を見せ始め、すぐに十五、六人になって、六畳の板の間を占領してしまった。いくら子供でも、さすがに窮屈そうである。

将棋会所は大黒柱を中心に、部屋が田の字に配されている。南面が八畳と六畳の表座敷、北側が寝室に使う六畳間と、食事やちょっとした仕事をする六畳の板の間だ。

大人の将棋客は表座敷を使い、子供客は板の間で対局する。子供たちの声は甲高いので、六畳座敷と板の間は襖《ふすま》を閉《た》てられていることが多かった。

ハツが波乃の懐妊をみんなに話すと言っていたので、信吾はなんとなく落ち着かなかったが、午前中はなにごとも起こらずにすぎた。

昼になると子供たちは家に食べに帰るが、向島から通っているハツは、自分と平兵衛の弁当を作って持って来る。食べ終わったあとでハツは母屋に顔を出したが、ちょうど将棋会所にもどる信吾と入れ替わりになった。

ハツが将棋会所にもどったときには、ほとんどの客は対局に入っていた。対戦相手の島造が腕を撫《ぶ》して待っていたが、駒を並べ終わったときに、ハツは待っていただけますかと頼んだ。

「対局を始められた皆さんには申し訳ないのですが、少しだけお時間をいただきたいのですけど」

なにを言い出すのだろうと、だれもが対局を中断してハツを見た。

「女チビ名人に頼まれては、厭《いや》とは言えませんからね」と言ったのは、長老格の桝屋良作であった。「少し早いと言う気がしないでもないですが、ハツさんのお嫁入りが決まったのですかな」

「まさか、そんな」と顔を赤らめてから、ハツは八畳間と六畳間の将棋客、板の間の子供客を見廻した。「信吾先生と奥さまの波乃さんのことなんです」

「となるとハツさん。あんたが言わなくてもだな」と、言ったのは平吉である。「そうじゃないかと思っている人は、何人もいると思うよ」

「わたしにはなんのことだか」と、素七が言った。「平吉さん、どういうことですか」

「決まってるじゃないですか。席亭さんと波乃さんに赤さんがだろ、ハツさん」

ハツがうなずくと同時に、「おーッ」と言葉にならぬ呻《うめ》きが起きた。板の間では子供たちが「ひゃーッ」と声を挙げ、あとは収拾のつかぬ騒ぎとなった。全員に報告すると言っていたハツは、せっかくの機会を奪われ憮然《ぶぜん》としているが、興奮した客たちは気付きもしない。

騒ぎが収まりそうにないので、信吾は両腕をあげて制そうとした。

「皆さん。皆さんは、ここがどういう場所かご存じですよね」

しかし信吾の決まり文句は軽く無視された。

「さて、なにをする所だったたっけな」

夢道がそう言うと、まじめな太郎次郎までが珍しく同調して惚《とぼ》けた。

「もしかすると、将棋会所ではないですか」

なんでもないひと言が爆笑を呼ぶくらい、客たちは昂《たかぶ》っていたのである。

「そうだよ、将棋会所だ。断じて碁会所ではない」

御家人崩れと噂《うわさ》のある権三郎《ごんざぶろう》までがそう言ったが、どうやら本人は冗談か洒落《しゃれ》のつもりだったらしい。

「そうです。将棋会所ではありませんか。ですから、どうか対局に集中してください、お願いですから」

信吾の頼みも逆効果でしかなかった。

「くださいますよ、普通ならね。しかし席亭さんの奥さん、浅草小町と評判の波乃さんがご懐妊となれば、対局どころじゃないでしょうが」

「ところで、いつなのですか。歓《よろこ》びの日は」

そう言ったのは、将棋会所の家主である甚兵衛であった。全員に見られて、信吾は観念するしかなかった。

「五月ですけど」

「とすりゃ、もうすぐじゃないですか。なぜ今まで隠していたのです、水臭い」

「名前は決めているんでしょう」

「まさか。だって、まだ生まれてもいないのに」

「だれものんびりとそう言うんだよね。だけど、目のまえに迫ってんだから。アッと言う間だよ」

いい齢《とし》をした大人が、そんなふうにはしゃぐとは思いもしなかったのだろう。子供客に、ついでに大人の客にも報告しようと思っていたらしいハツが、憤然たる面持ちになったのがわかる。

しばらく見ていたが一向に騒ぎは収まりそうにない。ハツは呆れ果てたという顔になり、表座敷の六畳間と板の間を仕切る襖を閉めて、大人と子供を分けてしまった。もちろん音立ててではなかったので、それに気付いたのは信吾一人であったようだ。

思いがけないことになって、信吾は唖然《あぜん》としてしまった。もっと淡々と、平静に受け留めてくれるだろうと思っていたのである。そしていかにも子供らしい無邪気な質問があり、信吾がそれに答えて、その遣り取りを微笑ましく大人たちが見守る、くらいだと思っていたのだ。

「それより席亭さん、奥方を、波乃さんを呼んでくださいよ。だれもがお祝いを述べたいと思っているはずですから」

「ありがたいお言葉ですが、午後は人が見えるとのことでしたので、申し訳ないですが」

嘘《うそ》であった。波乃は特別なことでもなければ、将棋会所に顔を出さないことにしていたので、親しく話した人は甚兵衛くらいしかいない。信吾としては興味本位な将棋客の目に曝《さら》したくなかったのである。

そのとき六畳間と板の間の仕切りの襖が静かに開けられ、一尺（約三〇センチメートル）ほどの隙間からハツが顔を出した。

「席亭さん。信吾先生。みんながお祝いの言葉を述べたいと言っていますので、板の間へいらしてください」

信吾が将棋客たちを見ると、さすがに大人げないとの反省もあったのだろう、だれもがいいですよというふうにうなずいた。信吾が軽く頭をさげて板の間に移ると、ハツが静かに襖を閉めた。

「おいらたちはさ」と、信吾が坐ると留吉が言った。「ああいうみっともない真似《まね》は、したくないからね」

　隣室の大人たちに聞かせたいと、信吾は思わずにいられなかった。

「ハッさんからも聞きましたけど、席亭さん、おめでとうございます」

　留吉がそこで言葉を切ると、子供客の全員が「おめでとうございます」と声をあわせた。

「ありがとう。みんなに喜んでもらえて、本当にうれしいよ」

「あたしたち信吾先生に、波乃さんにもですけど、おめでとうを言いたかったの」

　ハッがそう言うと、留吉が子供客を見廻して何度もうなずいた。

「だったら襖を開けて、みっともない連中を仲間に入れてやろうよ。もっと席亭さんと話したいんだけど、おいらたちだけで独り占めしちゃ僻《ひが》むに決まってんだから」

　まさか留吉がそんなことを言っているとは、隣室の大人たちは思ってもいないはずである。

　留吉の言葉を受けて、ハッは全員を見渡してから、静かに襖を開けた。そのときには、隣室はすっかり静寂を取りもどしていた。

「みなさんとごいっしょに、席亭さんとお話をと思うのですが、よろしいでしょうか」

　否《いな》と言う者はいなかった。

「できれば波乃さんにもいてもらいたいのだが、どうだろうか、ハッさん」

将棋客を代表するように提案したのは、甚兵衛である。

「是非、そう願いたいですけど、みなさんがあまり騒がれると、波乃さんが」

「いや、それはありません。お顔を拝見してお祝いの言葉を述べるだけですから」

短時間で立場を逆転してしまったハッに、信吾は尻尾を巻かざるを得なかった。

「来客があるとのことでしたので、挨拶だけになると思いますけれど」

信吾がそう言うと、常吉がすぐに波乃を呼びに走ったが、まるで飛び跳ねるような足取りであった。

「島造さん。波乃さんのお話が終わるまで、すみませんがもうしばらくお待ちくださ い」

「もちろんいいですよ。落ち着いてから、じっくりと指そうじゃないか」

一時はどうなるかと思ったが、騒ぎも落ち着くところに落ち着いたようであった。ちょっとのことでも、流れは簡単に変わることがある。信吾は相談屋の仕事の進め方に、暗示を得た思いがした。

分身

一

「信吾さんにはお会いするたびに驚かされますが、三度目の今回ほど驚かされたことはありません」

母屋の八畳間で待ち受けていた志吾郎は、将棋会所からもどった信吾とわずかな遣《や》り取《と》りをしただけでそう言った。


ほぼ一年まえの二月中旬のことだ。日本橋本町《ほんちょう》三丁目の書肆《しょし》「耕人堂」の若き番頭志吾郎は、狂歌の宗匠柳風《りゅうふう》に紹介されて将棋会所「駒形」にやって来た。将棋上達の秘訣《ひけつ》の本を出したくて書き手を探していた志吾郎は、柳風にこう言われたそうだ。

「浅草黒船町の『駒形』の席亭は、腕がいいだけでなく将棋のことをよく知っているので、一度訪ねたらどうか」

柳風はそれ以外のことは、ひと言も言わなかったらしい。志吾郎が角行や飛車の駒落ち戦でも敵《かな》わない柳風が、腕がいいと言ったのである。となると百戦錬磨の中年か初老、おそらく頭が半白か禿《は》げあがった老人だろうと、志吾郎は思っていたそうだ。ところが信吾が、自分より二歳も若い二十二歳とわかったので驚いたらしい。

耕人堂のあるじ富三郎《とみさぶろう》に信吾のことを話し、本の話を進めるように言われてやって来たのが二度目であった。柳風に話を聞かされていた信吾は、将棋客のいるところでは話しにくいだろうと母屋で聞くことにした。

波乃が茶を出したが、自分より若い信吾が妻帯しているのを知って志吾郎は大いに驚いた。しかも将棋会所の席亭だけでなく、相談屋のあるじでもあるという。それが二度目の驚きだったそうだ。

実は信吾も志吾郎には驚かされた。

志吾郎はのんびりと話を進めた。ところが話が終わるなり、あなたほどの適任者はいないので、ぜひ将棋上達の秘訣に関する本を書いてみないかと切り出したのだ。

信吾はとてもむりだと断った。相談屋をやっているが、この仕事は相手次第でどうなるかわからないので時間が読めない。しかも将棋会所も営んでいるので、相談事が入らなければ、原則として会所に詰めていなくてはならなかった。対局が続くときなど疲れが激しいので、とても書けないし、第一書くだけの時間が作れない。

「だとしても夜間は、半刻《はんとき》（約一時間）くらいなら空いているのではないですか。むりをすれば一刻（約二時間）か一刻半（約三時間）、時間を作れないことはないはずです」

だがそうではないのである。

相談客のほとんどは働いていることもあって、夜になってからやって来た。相談屋を訪れたのを人に見られると、よほど困っているらしいと思われるので、時間の取れる人も昼のあいだは避けることが多い。

昼間は将棋会所に詰めているのを知っているので、信吾と話したい友人、知人は夜を待ってやって来る。それは家族にしてもおなじであった。

信吾はそのように、次々とできない理由を並べた。

ところが物静かで控えめな、強いて自分を通そうとしない穏やかな人だと思っていた志吾郎は、いざ説得となると豹変《ひょうへん》した。信吾が持ち出した理由はすべて説破され、とうとう執筆を引き受けるしかなくなったのである。

志吾郎と何度も打ちあわせをして、信吾は書き始めた。思うように書けずに苦しんだが、ほぼ一年後の二月上旬になんとか書きあげて、志吾郎に渡すことができたのだった。

すると五日後にやって来た志吾郎が、茶を出してさがる波乃の下腹を一瞥《いちべつ》したのである。毎朝、鎖双棍《くさりそうこん》のブン廻《まわ》しで、鎖のつなぎ目を見る鍛錬を欠かさない信吾が、志吾郎の目のわずかな動きを見逃す訳がない。気付かれたにちがいないと思った信吾は、言われるまえに波乃の懐妊を打ち明けた。

それが冒頭の、「三度目の今回ほど驚かされたことはありません」との発言に繋《つな》がったのだろう。

「おめでとうございます。ご出産の予定が五月となれば、慶《よろこ》びが重なりますね」

「と申されますと」

「五月にお子さまの誕生です。そして今から半年後ぐらいの八月か九月には、念願の本が出ますからね」

そう言って志吾郎は、信吾が渡しておいた下書き原稿の束を入れた風呂敷包みを示した。

「相談屋と将棋会所をやってらっしゃるので、正直申して、とても一年ではむりだと思っておりました。ところが一年弱で書きあげてくださったし、しかも内容がとても良いので驚きましたよ。うまくまとめていただいたので、ほぼこのままで進められると思います」

なんとかなるのではと思ってはいたものの、所詮は素人が初めて手掛けた書き物である。専門家の目から見れば欠陥だらけだろうから、厳しく指摘されると覚悟していただけに、信吾はひとまず安堵《あんど》せずにいられなかった。

「随分と苦労なさったはずです。実際に本になれば実感していただけると思いますが、本は書き手にとってはまさに子供でしてね。どなたもそうおっしゃいます。心血を注がれるので、自分の分身だと思わずにいられないのでしょう」

志吾郎が下書きを見て感じたことを朱筆で書き入れたので、それをもとに信吾が手を加える。そして納得がいけば清書《きよがき》し、彫り師、摺り師《すし》を経て製本に廻され、今から半年ほどで耕人堂の店頭に並ぶとのことだ。

五月と八月か九月、三、四ヶ月のあいだに出産と出版の慶事が続くのである。

「子供のことはともかく、本に関してはまるで実感が湧きません」

「清書、彫り、摺り、製本と進むにつれ、実感できるはずです。女の人が腹が迫《せ》り出すときに感じるのと、おなじ感覚と申しますか、悦《よろこ》びを味わっていただけるでしょう。ということで始めましょうか」

そう言って志吾郎は、信吾の下書きの束の一つを風呂敷包みから取り出すと、その一枚目をめくった。

「あッ」と信吾は咽喉《のど》の奥で声にならぬ声を挙げた。なぜなら、びっしりと朱筆が入れられていたからである。まるで空白がなかったが、あるいは一枚目だけかと思ったらそうではなかった。白い部分が残されたのが、珍しいくらいだったのだ。書肆の仕事の進め方は知らなくても、赤字が不完全な箇所の訂正かそれに類することだとの見当は付く。

それまでの話し振りから、信吾はあとは志吾郎とそれぞれの職人に任せておけばいいと思っていた。本人も「ほぼこのままで進められる」と言ったではないか。とすれば、指摘された箇所を微調整すればすむはずであった。

とんでもない。朱筆を見るかぎり、書きあげるまでに要した何倍もの時間と手間を取られそうだ。信吾は愕然《がくぜん》となり、全身から力が抜けるのがわかった。

「なにかと指摘されるだろうとは思っていましたが、ここまでひどかったとは」

辛《かろ》うじてそう言ったが、自分でもわかるほど声には力がなかった。

「なにをおっしゃいます。初めて執筆されたとは思えぬほど、すばらしい内容ですよ」

「まさか、そんな。そうは申されても、この赤字ですから」

言葉が続けられず、ただ紙面に目を落としていた。そこに至って志吾郎は、信吾がひどく打撃を受けて顔色を喪《うしな》っていることに気付いたようだ。愉快でならぬと言うふうに笑ったのは、信吾のあまりの落胆振りが滑稽に映ったからだろうか。

思い掛けない反応に怒ることもできない信吾に、なおも笑いながら志吾郎が言った。

「赤字が多いので驚かれたのですね。だったら信吾さん、とんでもない誤解、勘違いですよ。このように書き改めてもらいたいというのではないのです。あとでゆっくり見ていただければ、わかっていただけるはずですけれどね」

「朱筆の量を見れば、とても勘違い程度だなんて思えないではないですか。手習所時代に、師匠に真っ赤になるほど直されたのを思い出しましたから」

「驚かせて申し訳ない。直しではなくて、てまえの感じたことを書き入れたのです。信吾さんは本にするだけのまとまった分量を書かれたのは初めてなので、なるべく詳しくと思いましてね。内容はいいのですが、こうすればさらに良くなるのではないかとの提案や、注意しなければならない事柄などを。二冊目を書かれるときの参考になると思いまして」

「二冊目ですって、まだ一冊目が出てもいないのに」

「てまえは五年ほど、あるじと番頭が手掛けた本の手伝いをしましたので、どのような本が読み手に受《う》け容《い》れられるかは、おおよそではありますがわかるつもりです。それはともかく、良い箇所はなぜ良いか、悪い箇所はなぜ悪いと感じたか、どうすれば良くなるかを、なるべく細かなことまで書きました。あくまで参考でして、強制ではありませんので、考慮いただいた上で納得されたら加筆修正をなさってください。無視していただいてもけっこうです。ですがそのことを、朱筆入りをお見せするまえに説明すべきだったですね」

「それを伺っていくらか気は鎮まりましたが、書きこまれた朱筆を目にしたときには、頭の中が真っ白になってしまいましたよ」

「驚かせて申し訳ない。ですが信吾さんは、打ちあわせでてまえが話したことを、実によく守られているので感心しました。例えばなにかを訴えたいときには、なるべく具体的な例を示したほうが読み手にはよくわかるとか、本はかぎられた範囲の中になるべく多くのことを収めたいので、それを害するのは無意味かつ無駄な重複だ。よほど強調したいとき以外は、繰り返してはならないなどと、てまえは申しました。信吾さんはそれに留意されて、ほとんど無駄な部分はありませんでしたから、とても驚いたのですよ」

信吾は志吾郎に言われたことを、常に念頭に置いて執筆した訳ではなかった。ただ具体的な例を示すとか、重複は避けねばならぬが、強調したい場合は繰り返し方次第で意外な力を発揮するということは、相談屋の話の進め方そのものだと思いながら書いたのである。

常吉に護身術を教えたとき、大事なことは「攻めるときは攻めに徹し、守るときは守りに徹すること」と話した。将棋にも言えることだと思ったが、二人の遣り取りを聞いていた波乃が「それって相談屋の話の進め方そのものですね」と言ったのだった。

あらゆることの本質は、目には見えなくても通底しているということではないだろうか。

「では冒頭から行きましょう。はっきり言って本の命は、最初の一行にあると断定していいと思います。それで読み手を引きこめるかどうかですが、つまりは書かれた内容と書き手を信じてもらえるか、共鳴できるかということなのです。ここで読み手の心を摑《つか》めないと、読んでくれませんからね。『学ぶは真似《まね》るなり』との書き出しは、続く部分のまとめ方がいいこともありますが、書き出しの見本のようだと言っていいですよ。見事です。なぜなら……」

そのように、志吾郎は内容について語り始めたのである。

二

大黒柱の鈴で波乃に来客ありと知らされたのは、八ツ（二時）の鐘が鳴ってほどなくであった。三度目だし対局ではないので、志吾郎は直接母屋にやって来た。

気が付けば七ツ（四時）になっていた。

一刻ほど話したことになるが、志吾郎は将棋会所の客たちに挨拶してから帰ると信吾に断った。本の進み具合を報告しながら、それとなく宣伝するためだろう。

将棋会所は若い客も増えて多彩になったが、それでも商家のご隠居が多い。自分たちの席亭が書いた本となると、購入する者もいると思われる。その点、志吾郎は抜かりがなかった。

「直すに当たり、改めて通してお読みになる訳ですから、ご自身のお書きになったご本の全体像がより明確になるはずです。そこで直しをおもどしいただくときに、書名の案をいくつか出してもらえますでしょうか。すでにお考えの題がありましたらお教えください」

「書名は、書肆のほうで決めるのだと思っていましたが」

「もちろん、てまえも考えますし、あるじも知恵を絞ります。なるべく多くの案から選ぶほうがいいのです。思い掛けない名案が出ることもありますのでね。本来なら正攻法で行くべきですが、逆を衝《つ》いて成功することもあるし、奇策が図に当たることもあります。奇を衒《てら》って大受けすることもあれば、裏目に出て散々な目に遭うこともあるのですよ。当然ですが、書かれたご本人の考えを尊重することは申すまでもありません」

「わかりましたが、取り敢《とあ》えず直しを先に進めましょう」

「それともう一点、いい筆名をお考えいただきたいのです」

「ヒツメイですか。……ああ、書き手の名前ですね」

「将棋会所『駒形』席亭信吾では長すぎ、そのままですし、まともすぎます。お気に入りの言葉や」

そこで言葉を切って、志吾郎は床の間の掛け軸に目をやった。軸は名付け親の巌哲和尚が揮毫《きごう》してくれたもので、「行雲　流水」と二行に分けて書かれていた。行く雲や流れる水のように常に自由であれと、信吾が相談屋と将棋会所を始めたときに書いてくれたのだ。

「てまえの狂歌の師匠である柳風さんは、柳に風と受け流す辺りからの命名でしょう。狂歌師の名前には、あっけらかんの朱楽菅江《あけらかんこう》とか、まさにそのままの宿屋飯盛《やどやのめしもり》など、おもしろい名前が多いですね。そちらも、直しを進めながらでけっこうですので」

七ツを少し廻っていたので、将棋客の半数はすでに帰路に着いていた。それでいいのである。一人に伝えると、翌日には常連客のほとんどが知ることになるのだから。

志吾郎は信吾の書き進めていた将棋上達の秘訣に関する本が、八月か九月に出ることを客たちに伝えた。そして書名は検討中であることと、内容の良さを宣伝して帰って行った。

最後の対局者の勝負が決すると、信吾と常吉は翌日のために将棋盤と駒を拭き浄《きよ》め、欠けている駒がないかをたしかめた。その日も、将棋会所の家主である甚兵衛が手伝ってくれた。手伝いは口実で、なにかと話したいらしいのである。

「楽しみです。みなさんも喜ばれることでしょう。志吾郎さんの口振りからしますと、相当に良い内容になったようですね」

「書いた本人をまえにしては、悪くは言えませんから」

「ご謙遜を。席亭さんが話しているのを、特に子供たちに教えているのを伺っていると、実にわかりやすいのに驚かされます。子供たちがめきめき上達するのは、当然だと思いましたもの」

片付けが終わると甚兵衛は帰ったので、信吾と常吉は庭に出て護身術の鍛錬に励んだ。

信吾は木刀の素振り、棒術と鎖双棍の攻防の連続技と組みあわせ技、常吉も棒術で汗を流した。続いて信吾は常吉に、柔術の組み手を教えた。

二人がひと風呂浴びて鶴《つる》の湯《ゆ》からもどると、波乃が食事の用意をして待っていた。

信吾は志吾郎と将棋会所に向かうとき、波乃に下書きの束を包んだ風呂敷を渡しておいた。悪戯心《いたずらごころ》もあって、「驚かない自信があるなら、見てもかまわないよ」と言っておいたのである。

食事中、波乃がどことなく落ち着きなく感じられたのは、目を通したからにちがいない。いつもなら常吉をからかったり、冗談を言いあったりするのだが、今日はそれがなかった。

常吉は奉公人なので、訊《き》かれたり言われたりすれば応じるが、自分から話し掛けることはまずしない。信吾は志吾郎との遣り取りの内容について、あれこれと反芻《はんすう》せずにはいられなかった。

珍しく三人は黙々と食べたのである。

「表座敷に移りましょうね」

常吉が番犬の餌皿を持って将棋会所にもどると、波乃はそう言って三人の箱膳を片付け始めた。

信吾が八畳間の行灯《あんどん》を点《つ》け、火鉢に炭を足していると波乃がやって来た。少し手間取った理由はすぐにわかった。持ってきた盆に銚子《ちょうし》と盃《さかずき》が載せられていたからである。

「なにか、いいことがあったのかな」

「まるで常吉みたい」

炊きあげたご飯に、お菜《かず》の皿が付くのは朝だけである。昼と夜は大抵の家が冷や飯かお茶漬け、それに味噌汁《みそしる》と漬物で、せいぜい残り物か佃煮《つくだに》などが添えられるくらいであった。

そのため夜の膳に焼魚、煮魚、刺身、天麩羅《てんぷら》などの皿が供されると、常吉はかならずと言っていいほど「なにか、いいことがあったのですか」と訊いた。信吾が酒について言ったので、波乃は常吉とおなじだと言いたいのである。

「お酒が出たってことは、ご褒美だと思っていいのだろうね」

「もちろんですよ。苦労の甲斐《かい》が実って、ついに本になるのですもの」

「びっくりしたんじゃないのか。びっしりと赤字が入っているから」

「信吾さんこそ驚かれたでしょうね。あたしも最初は、よくないから赤字を入れられたのだと思いました。だけどしっくりこなかったのですよ。できが良くなければ、志吾郎さんがあんなに上機嫌な訳がないですからね。ですからあたしは動揺せずに読めました」

「志吾郎さんが機嫌のいいのに気付いたとなると、波乃のほうが一枚も二枚も役者が上だな。わたしは志吾郎さんが最初の一枚をめくったとき真っ赤だったので、気を喪いそうになったんだから」

「それにしても、あの方は誠実ですね。あそこまで細かく丁寧に」

「こっちがまったくの素人なので、嚙《か》んで含めるように教えてくれたのだろう」

「信吾さんは運がいいですよ、良い人に巡《めぐ》りあえて」

「たしかに良い人だね」

「朱筆を読んだのですけれど、志吾郎さんは姿勢がいいと思いました。背筋がちゃんと伸びていますもの」

　言われた瞬間、信吾は志吾郎との初対面の強烈な印象を思い出した。母屋にいるとき、対局をお望みのお客さまがお見えですと、常吉に言われたのであった。

　信吾が将棋会所の庭に入ると、八畳間の障子は開けてあったので、客の後ろ姿が見えた。信吾が背後から挨拶すると、客は異様と思える動きを見せた。

　体を捩《ね》じって信吾のほうを向いたのではなく、一瞬にして正対したかと思うほど、その動きは素早かった。だから信吾は、この男は武家の出にちがいないと思ったのである。

　相手は両手を畳に突いて頭をさげたが、信吾が坐《すわ》ると同時に頭をあげた。きびきびした動作が、なんとも言えず清々《すがすが》しかった。

　もちろん波乃の言った姿勢は、動きや体についてではなくて、志吾郎の心構えについてである。だが信吾の中では、体と心の姿勢がごく自然に重なったのであった。

「あたしは信吾さんが、常吉におっしゃったことを思い出しました。将棋に強くなりたかったら、筋のいい人に学ばなければだめだ。筋の悪い人に学ぶと、そこそこは強くなっても途中で止まって、それ以上はどう頑張っても強くなれないからって」

「巌哲和尚に護身術を習ったとき、最初に言われたことなんだ。武芸、学芸、技芸に通じる基本だって。わたしは常吉にそんなことを言ったのか」

「はい」

「すっかり忘れていたけれど、和尚に言われたことの受け売りだな」

「だけど、骨の髄に滲《し》みているから、咄嗟《とっさ》に出たのだと思いますよ。それからこうもおっしゃいました。指す相手は強すぎても弱すぎても、特に弱い相手は駄目だ。常に自分より少し、ほんの少し強い相手と指すように。そうすれば、負けが続いてもかならず得るものがあって、自然に力が付くから」

「それも和尚の受け売りだ。なんだか、受け売りばかりじゃないか」

「すんなり出て来るということは、信吾さんが常にそれを心掛けているからだと思いますけれど」

「それにしても巌哲和尚には、随分といろんなことを教わったなあ」

「和尚さまは信吾さんの名付け親ですから、ちゃんとした人に育ってもらわなければと、お思いなのでしょうね」

「本の命は書き出しの一行にあるそうだけど、この本の最初の一行を憶《おぼ》えているかい」

「学ぶは真似るなり、でしたね」

「和尚にそう言われたんだよ。学ぶは真似るで、習うは慣れるだ。優れた人や書物に出会ったら、ただただ真似すればいい。そしてなにごとにも飽きずに、ひたすら慣れることだ。そうやっていると自然と身に付いて、身に付いたときには真似でなく、自分のものになっているからって」

　巌哲に言われたことは話したが、志吾郎が最初の一行について褒めていたことには、信吾は触れなかった。

「和尚さまやお父さま、手習所のお師匠さんに学んだ信吾さんは、これからはハッさんや常吉、留吉や紋ちゃん、それに子供たちに教える番なのですね」

「大人は駄目だろうな。すっかり固まっているから。とすると人は粘土みたいなものかもしれないね。子供のうちは水気が多いから、柔らかくてどんな形にでもなれるけど、そのうち水分が抜けて次第に硬くなり、形を変えよう、変わろうとしても、どうにもならなくなってしまうのだ。となると大変だ。今のうちにちゃんと教えなければならないと」

「でも、押し付けちゃ駄目ですよ。あの子たちが、自分から興味を持って向かうようでないと」

　考えをまとめて文にする試みに取り組んだお蔭《かげ》で、信吾は今まで思いもしなかったことに気付かされ、新たななにかが見えた気がした。

三

江戸庶民の一日は、お天道《てんと》さまの動きとともにある。

陽《ひ》の昇る六ツ（六時）まえには、ほとんどの者が起きていた。女たちは朝餉《あさげ》の準備に忙しく、商家では小僧や下女が見世先を掃き清めて箒目《ほうきめ》を入れる。棒手振《ぼてふ》りたちが次々と野菜や魚を売りに来るし、居職《いじょく》の職人たちの多くはすでに仕事に取り掛かっていた。

夕刻の七ツになれば職人たちは仕事を終え、商家は大戸を閉め始める。暗くなるまえに食べ終えるが、遅い家でも六ツには夕食をすませていた。そして五ツ（八時）には、ほとんどの人が寝に就いていた。まさしく早寝早起きだったのである。

将棋会所の朝も早い。信吾と常吉が鍛錬を終えて食事をすませた六ツ半（七時）すぎには、気の早い客が姿を見せ始める。そして主な常連客は、五ツにはほぼ揃《そろ》うのであった。

朝の食事を終え、番犬の餌《の》を入れた皿を持った常吉が将棋会所にもどると、信吾は表座敷の八畳間に移る。茶を呑みながら波乃と話すか、担ぎの貸本屋の啓文《けいぶん》から借りた本を読んですごすためだ。

もっともこの一年近くは、あまりのんびりできなかった。志吾郎に頼まれた本に書く内容を整理したり、調べごとをしなければならなかったからだ。そして後半はそれを文にまとめてきた。

今日からは新たな段階に進むことになる。志吾郎からもどされた下書きを、ちゃんとした形にしなければならない。信吾は身も心も引き締まる思いがした。

五ツになると将棋会所に出て、客たちと挨拶を交わす。対局の予約が入っていることもあれば、急な申しこみもあった。また対局を終えた客たちの検討で、意見を求められることもある。対局相手のいない客になにかと問われて答えたり、場合によっては盤面で駒を動かしながら教えることもあった。

志吾郎が来た日の翌朝も、金龍山浅草寺弁天山の鐘が五ツを告げると、信吾は将棋会所に顔を出した。

前日、志吾郎が帰るまえに常連客に話したこともあって、秋に出る予定の本についてあれこれと訊かれた。しかし書名が決まっていないし、本になるのは半年も先である。そのため話題は長続きせず、客たちは相手を決めて対局を始めた。

特に予定が入っていなかったので、信吾は空いている席に坐って客たちの対局を見ていたが、なんとも手持ち無沙汰であった。となると、八畳間に置いてきた風呂敷包みが気になってならない。

なにかあれば大黒柱の鈴で連絡するよう常吉に言って、信吾はそっと母屋にもどった。

八畳間で文机《ふづくえ》のまえに坐ったところに、波乃が盆に湯呑茶碗《ゆのみぢゃわん》を載せて持って来た。

「まるで、もどるのがわかっていたみたいだな」

「向こうでじっと坐っていることに、我慢できないのではないかと思いましてね。そろそろかなと思いながらお茶を淹《い》れ終わったら、まるで計ったように信吾さんがもどられたのでびっくりしました」

言いながら波乃は湯呑茶碗を文机に置いた。

「こちらの思いを、読み切っていたということか」

「いやですよ。そんな大袈裟《おおげさ》な言い方をなさっちゃ」

「波乃さん」

「なんですか、急に改まって。いつもどおり呼び捨てにしてください」

笑わせたいらしい波乃に、信吾は真顔で言った。

「波乃さんに、折り入ってお願いがあるのだけれど」

「自分の女房にお願いはないでしょう。なんでも命じてくださいよ。どうなさったの。変ですよ、今日の信吾さんは」

「将棋を憶えないでもらいたいのだ」

「あら、どうしてですか」

「すぐにわたしの考えの先々を読まれそうで、勝負してもとても勝てそうにないから」

「冗談はそこまでにしてください、席亭さん。邪魔になってはいけませんので、あたしは自分の仕事にもどります。用があったら呼んでくださいね」

言い残して波乃はそそくさと部屋を出た。

苦笑しながら信吾は湯呑茶碗を取った。ゆっくりと一口含むと、しばらく味わってから湯呑を下に置く。茶の苦みと香りの効果は絶大で、ざわついてどうしようもなかった気持が嘘《うそ》のように鎮まるのがわかった。

風呂敷包みから最初の束を出して文机に置き、静かに一枚目をめくる。おなじ朱筆入りなのに昨日とはまったく印象がちがって見えた。几帳面《きちょうめん》に書かれた字が、そして志吾郎の文がすんなりと目に入ったのである。

志吾郎に褒められ、信吾が波乃に巌哲和尚に教えられた言葉だと言った書き出しの、「学ぶは真似るなり」についてはこう始まっていた。

「多くの人が語っていることではあるが、手垢《てあか》の付いた印象は受けない」

なぜならあらゆる分野で頂点に立った人たちが、のちになって回顧し、しみじみと実感した言葉であるからだ。父親や師匠に言われて素直に励んだ人もいれば、猛烈な反発を感じながら自分の思いに添って努力した人もいるだろう。いずれにしても、懸命に力を注いだ結果として、ある地点に達することができたのである。

そんな人たちが口を揃えて「学ぶは真似るなり」と言っている。特に親や師匠に反発した人たちは、遠廻りしたと嘆いていた。とんでもない無駄な努力をし、時間を空費したと後悔しているのだ。

実際はそれらの努力は決して無駄ではなく、べつの意味で多くの収穫を得ている。だが本人はその労力をほかに向ければ、さらに多くの知識や経験を得られたはずだと、それが口惜《くや》しくてならないのである。

志吾郎は信吾の文とその内容について、自分の感じたことを縷々《るる》綴《つづ》っていた。これなら紙面が真っ赤になって当然であった。

その部分を志吾郎は次のように終えていた。

「要は読み手が納得、いや共感できるかどうかにあって、そうだ、そうなんだよと感じてもらえれば成功と言ってよい」

信吾は志吾郎の赤字を読み進めながら、ときどき反故紙《ほごがみ》に修正のための簡単な手控えを執った。どこをどのように直せばいいかが、明確に見える気がした。

ある段落は赤い線の枠で四角く囲まれ、次の一行が付記されていた。

「この部分、確信を持てぬままに書いてしまったのではないでしょうか」

その理由として志吾郎は、文が曖昧で不明瞭なことを挙げていた。自分の中で明確に把握していれば、簡潔に書くことができる。ところが確信を持てぬと、不安も手伝ってそれを説明せずにいられない。そのため文が冗漫になるのだ。曖昧な言葉を書き換えるか、思い切って割愛すれば、文はすっきりして読み手に伝わりやすくなる。

「なるほど」

思わず声に出してしまったが、志吾郎の指摘は信吾がなんとなく感じていたことが多かった。書き直しは苦痛であり、心に多大な負担を与えるだろうと感じていたが、そんな思いはいつしか消えていた。であればともかく通して読み終えよう、と信吾は思ったのである。

「ごめん。呼ばれていたのに気付かなかったようだね」

名を呼ばれて振り返ると、波乃がじっと見ていた。

「よほど集中なさってたのね。三度めでやっと気が付くなんて」

「それはすまなかった」

「常吉から鈴で来客ありの連絡がありました。対局だと思いますが、考えをまとめていたのでしたら断りましょうか」

「とんでもない。相談屋と将棋会所がわたしの仕事場だよ。両方とも大事だから、おろそかにはできません」

小袖に波乃の用意した羽織を重ね、信吾は障子を開けて沓脱石《くつぬぎいし》の下駄《げた》を突っ掛けた。

八畳間で待っていたのは、狂歌の宗匠の柳風である。

「いよいよ仕上げの段階に入ったようですな。ご同慶の至りです」

柳風はいつものように宗匠頭巾を被《かぶ》り、頭陀袋《ずだぶくろ》を体の横に置いている。たまたまか、なにか用があって志吾郎に会い、話を聞いたのだろう。

「びっしりの赤字をいただきましてね」

「やっこさんは生真面目ですからなあ」

「お話があるようでしたら、母屋で伺いましょうか」

「いや、予約なしの飛び入りですが対局を願いたくて。お受けいただけますかな」

「もちろん」

信吾の返辞にうなずいた柳風は、茶を持ってきた常吉に席料二十文と対局料五十文を渡した。

「対局料は、席亭が負けたらいただかないことになっておりますので」

常吉が七十文のうち五十文を押しもどすと、柳風はそれを押し返した。

「どうせ払わにゃならんのだから、二重手間になる」

常吉は困惑顔になったが、信吾が目配せするとうなずいた。

「では柳風さま、対局料はお預かりします」

「お時間は大丈夫でしょうか。四ツ（十時）の鐘が鳴りましたので、お食事どきに掛かると思うのですが」

「であればよろしいが、席亭がお相手ではとても昼までは粘れんでしょう」

言葉とは裏腹に柳風の意気ごみのほどがわかり、常連たちの期待は高まったようだ。

対局が始まると、いつの間にか常連たちが盤側に集まっていた。たまに呻《うめ》いたり唸《うな》ったりする者がいなくもなかったが、だれもが息を詰めるようにして盤面を見ている。

弁天山の時の鐘が九ツ（十二時）を告げた。

勝負は伯仲して、手に汗握る熱戦が続く。柳風も信吾も中断する気は微塵《みじん》もなかった。

波乃から大黒柱の鈴に、食事の用意ができたと合図があった。常吉はしばらく迷っていたようだが、そっと抜けて母屋に行った。

時間潰しのように指しに来る客たちは食べに帰ったが、常連たちは動かない。動けなかったのである。

もしかすれば常勝の信吾が、初めて負けを喫するかもしれない。そんな場面は見たくないが、もしそうなれば見逃す訳にはいかない。常連客はなんとも複雑な思いで、場を離れることができなかったのだろう。

「ありません」

柳風が負けを宣したときには、すでに九ツ半（一時）をすぎていた。対局者だけでなく、その場の全員がおおきな溜息《ためいき》を洩《も》らした。しかしだれもが黙ったままであった。

「うーむ」と、かなり経《た》ってから柳風が唸った。「今日こそは、と思ったのですがな」

言葉の一つ一つに、無念の想《おも》いが籠められたような唸りであった。

「てまえは牙城陥《お》ちたりの悲哀を、ついに味わわねばならぬと肚《はら》を括《くく》りましたが、柳風さんらしからぬ迷いに、辛うじて命拾いしました」

信吾がそう言うと、柳風は顔色を変えて身を乗り出した。

「迷い、ですか。どの場面のどの手が」

「よろしいでしょうか」

柳風に断って、信吾は盤面を十数手ほどもどした。

「ここで飛車を捨てられたら、対応のしようがないと思ったのですが」

「もちろん考えはしましたが、飛車を与えては、そのあとが却《かえ》って不利になるのではと迷いましてね」

「その迷いに、辛うじててまえは救われたのです。飛車を捨てられたら、手の施しようがありませんでしたから」

柳風だけでなく見物の常連たちは、だれもが喰《く》い入るように盤面に目をやった。だがだれからも、声もなければ駒を示す指も出ない。

信吾が銀将に指を触れるなり、柳風は「あッ」とちいさく叫んだ。勝機を逸したことに気付いたのである。声を挙げたのは柳風だけではなかった。少し遅れてではあったが、何人もが「おーッ」とか「えッ」「うーん」「まさか」などと呻いた。

であれば、最初から並べ直そうということになった。席亭の信吾としては、客の気持を無視して自分から打ち切りましょうとは言えない。

検討には常連たちも加わってあれこれと意見を述べたので、思いもしなかったほどの盛りあがりとなった。お蔭で柳風と信吾だけでなく観戦者たちも、全員が昼飯を忘れていたのである。

四

信吾は志吾郎からもどった下書きを、時間を掛けて丁寧に見直した。

一つ気掛かりだったのは、子供たちを教えていて感じたことを、初めに考えていたよりも多く書いた点である。なぜそうなったかというと、将棋を習う上で重要な、基本的なことだと感じたからだ。志吾郎がそれをどう受け留めるかが信吾は気になっていた。

例えば常吉に対する指導対局は、信吾が考えていたより遥《はる》かに効果があった。もちろん名前を出しはしないが、常吉に対しておこなった方法はなんとしても紹介したかったのである。

常吉が悪手や凡手を指すと、信吾はその時点で中断した。そしてありふれた手から、それしかないという手まで何手かを示し、その中からもっとも良いと思う指し手を選ばせるのだ。当然だが、なぜ選んだかの理由も問う。常吉が問題のある手を指すたびに、指摘してそれを繰り返したのである。

実際にやってみると、指す手の多様性とどこに着眼すべきかを学ばせるには、実に有効な方法だとわかった。最初のうちは最善手を示すことができなかったし、なぜその手を選んだかも曖昧にしか答えられなかった。確たる根拠がなくて、なんとなく選んだからである。

ところが何度もやっていると、常吉は次第にいい手を選ぶようになった。全体を頭に置きながら勝負どころを見るので、闘いの流れが見えるようになるからではないだろうか。

それぞれの駒の動かし方や働きというごく初期の教えを終えると、信吾は直ちにこの指導を始めた。初めのうちはほとんどわからないこともあって、絶えず中断しなければならなかったが、信吾は方法を変えることなく根気よく続けた。常吉もめげることなく付いて来たのである。

何度も投げ出したくなったが信吾はそうしなかった。やはり強引すぎたか、無謀であったかと思いもしたが、ある時点で急に正解率が高くなった。あとはみるみる上向きになって成果をあげ、以後はまちがいなく最善手を選べるようになったのである。信吾は期待を遥かに上廻る結果を、得ることができたのであった。

朝食を終えると、常吉は将棋会所にもどって客のために対局の準備をする。駒入れを載せた将棋盤を挟んで二枚の座蒲団《ざぶとん》を敷き、茶を淹れるために湯を沸かした。

冬は火鉢と炭を、夏は団扇《うちわ》と蚊遣り用の土器《かわらけ》の大皿と、燻《くす》べるための杉の若葉を用意する。雨が降れば傘立てを、風の強い日には水を汲《く》んだ盥《たらい》と足拭きを出しておかねばならない。

それが終わると、客が来るまでのわずかな時間ではあっても、信吾はほぼ毎日この指導を欠かさなかった。それとなるべく強い人の対局を見ることを徹底させた結果、常吉は驚くほどの短期間で、ハツ以外の子供客には負けなくなったのである。しかもいつの間にか、女チビ名人に肉薄するまでになっていた。

将棋の上達に効果のあったそれらの実例を、信吾は何箇所かに分けて紹介した。志吾郎には、将棋の入門書ではあるが、ちゃんとした心構え、姿勢でもって取り組むようにしてもらいたいと言われていたからだ。

それだけでなく、志吾郎からは厄介なことも言われていた。

かなり長く将棋を指しながら、取り組み方がよくないために強くなれなかった人に、なぜ強くなれないのかをわかってもらえる本にしたい、との註文《ちゅうもん》を付けられたのである。強くなりたいのに強くなれない人に、自分の考え方の不完全さに気付き、それを修正して一気に強くなってもらいたい。人に教えられたり指摘されて納得するのでなく、読むことによって自分から気付く、そのようなきっかけとなる本にしたいと志吾郎は夢を語った。

もっともだと思ったからには、相手の期待に応えなければならない。ああでもないこうでもないと、惑いに惑った信吾が辿《たど》り着いたのが、自分が実践して効果のおおきかった方法を紹介することに尽きた。

ゆえに信吾が将棋会所で、実際に教えながら感じたことを具体的に出したのだ。常吉に何手かの中から最善手を選ばせる指導法は、その一例であった。志吾郎はそれらを認め、信吾の示した例に対する否定や批判はほとんどなく、むしろ賛同のほうが多かったのである。

朱筆入りの下書きを念入りに見直すのに六日、全体を書き改めるのに十四日、併せて二十日で信吾は改稿を終えた。もちろん相談屋と将棋会所の仕事をやりながらである。

信吾は主に夕食後の時間を書き直しに充てたのだが、朝食を終えて将棋会所に出るまでの、四半刻《しはんとき》（約三〇分）に満たぬ時間でも文机に向かうようにした。相談客がなくて対局や指導が入らなければ、そっと母屋に帰ることもあった。

空き時間は直しに専念したが、志吾郎に言われた二つのことも忘れた訳ではなく、頭にしっかりと刻みこんでおいた。

書名と筆名である。

人の頭とはふしぎなもので、一度叩《たた》きこんでおけばほかのことに熱中していても、奥深いところで健気《けなげ》に働いているらしい。書き直しを終えて、さて書名と筆名だがと思ったとき、筆名についてはほぼ決まっていた。

将棋会所「駒形」席亭信吾では長すぎるし、あまりにもそのままでありすぎると言ったとき、たまたまであろうが志吾郎は床の間の掛け軸に目をやった。そこには、巌哲和尚揮毫の「行雲　流水」が掛けられていた。

信吾は「よろず相談屋」に将棋会所「駒形」を併設したが、その年の暮れに開所一周年を記念して将棋大会を開催した。開催期間中はその軸を掲げたし、以後ときどき掛け替えたことはあったが、信吾のお気に入りの一幅である。

名付け親の巌哲は、「行く雲や流れる水のように常に自由であれ」との思いを籠めて書いてくれた。

相談屋の仕事を始めると、周囲に逆らわず、成り行きに任せて相手の悩みに対処しなければならないことに、信吾は気付かされた。つまり密着しすぎても、距離を置きすぎてもいけないことが、次第にわかってきたのである。

将棋は流れを冷静に見極め、攻めと守りに徹しなければならない。だがそれだけでは足を掬《すく》われ、手酷《てひど》い致命傷を負うこともある。常に一段高い位置から、闘いの場全体を俯瞰《ふかん》する目を持たなければならないのだ。

行雲流水を略した雲水は、修行しながら諸国を巡る禅僧の意味であった。信吾の感覚では行雲流水は、相談屋と将棋会所席亭の仕事と重なっている。そのため、ほぼそのまま筆名に移すことにした。

行雲は幸運とおなじ読みで、意味も語感の明るさもいい。流水の水は粋に通じる。信吾は行雲を亭号として、水を粋に変えた。粋は混じりけがない意味であり、人情や趣味に通じ、垢抜けがしていることである。

行雲亭流粋。

読みは「こううんていりゅうすい」で、濁音が一字もないので明るくて爽やかな印象を与える。しかも相談屋の仕事にも、将棋指しの本質にも通じるとなれば、これ以外の筆名が考えられるだろうか。

一つだけ難点があって、あまりにも我田引水でありすぎる、つまり自分の都合だけで決めているということだ。だが朱楽菅江の露骨さに比べれば、遥かに控えめで上品ではないかと、信吾は自分に言い聞かせた。それこそまさに我田引水なのだが。

ということで筆名はすんなりと決まったものの、書名には「これぞ」と胸を張れるものが思い付かなかった。

書肆「耕人堂」のあるじ富三郎は、二十三歳十ヶ月の志吾郎を番頭に抜擢《ばってき》した。そして最初に担当させたのが、将棋上達法に関する本である。書名はあとで決めるとしてと前置きし、富三郎は次のように言ったそうだ。

「絶対に強くなりたい者のための将棋上達法とか、負けず嫌いのための将棋上達法などの線で考えてみるように」

富三郎が言ったのは書名ではなくて、そのような内容をということだろう。となればそれを明確に打ち出した、あるいはその延長線上にある書名になる可能性が高いということだ。

信吾の心に強い印象を与えた、共感できる言葉がある。長く将棋を指しながら強くなれない人に、その本を読むことで自分の欠陥に気付いてもらいたいという、志吾郎の語った難問であった。それを感じてもらえる書名にできないか、との思いが常に心にあった。

信吾は反故紙の裏に、無数の書名候補を書き連ねた。考えた末に残したのは、『己《おのれ》を活《い》かせば将棋は上達する』『将棋速習法』『競り勝つための将棋必勝法』の三点である。どの案も帯に短し襷《たすき》に長しと、もどかしいほどで、決定的な題は思い浮かばなかった。

五

その日、午前中は対局の予定が入っていた。

昼食後、信吾は「場合によっては、午後一杯掛かるかもしれません」と甚兵衛に断ってから会所を出ると、地元の人が蔵前通りと呼ぶ日光街道を南下して浅草橋を渡った。浅草御門を潜《くぐ》って、目指すは日本橋本町三丁目の耕人堂である。

土間を通って坪庭を横切った信吾は、六畳と狭くはあるが、すっきりした離れ座敷に通された。

「予定をきっちり守っていただけるので、本当に助かります。書き手のだれもが信吾さんのようだと、この仕事も楽なのですがね」

他愛ない話をしていると、小僧が二人のまえに湯呑茶碗を置いた。信吾が持参した風呂敷包みを解くと、志吾郎は三部に分けて綴られた原稿を机の上に置いた。

三つの書名候補と筆名の行雲亭流粋に目をやったとき、志吾郎はいかにもうれしくてならないという表情になった。

「では拝見いたします」

預かって、結果は後日知らされると思っていたが、志吾郎はその場で目を通し始めた。

正座して背筋を伸ばした志吾郎は、原稿をめくるほかは微動もせず、ひたすら読み続けた。それもかなりの速さであった。まえにもどって確認しながら、丁寧に読み進めると思っていた信吾は、意外な思いに囚《とら》われた。

読み終えた志吾郎は、原稿の三つの束を積みあげると、目を閉じてしまったのである。信吾にすれば針の筵《むしろ》に坐らされたに等しかった。

志吾郎はかなり長くそうしていたが、目を開くと信吾に向き直った。

「思ったとおりです」

良いのか悪いのか、なにを思ったのかがわからない。

「と申されますと」

「母屋を訪れたのはたしか二回目のときでしたが、信吾さんはあのときご自分のおっしゃったことを憶えておられますか」

そう訊かれても、すでに一年近くまえのことである。

「桜切る馬鹿、梅切らぬ馬鹿について話したと記憶していますが」

「その話に入る、いわば導入の部分ですが」

「導入と言われても」

「信吾さんはこうおっしゃったのです。庭にやって来る椋鳥《むくどり》の一羽に純真《じゅんしん》と名付け、梅の枝に飛来する梟《ふくろう》には夕を加えて福太郎《ふくたろう》と名付けましたと。あのとき手前は直感したのですが、その直感は見事に的中しました」

「直感ですか。怖いですね。で、どのようなことを」

「この人は只者《ただもの》ではない、突拍子もない人だと。だって純真と名付けたのですからね、椋鳥に」

「なんだ。驚かさないでくださいよ。子供っぽいと言うか、子供っぽすぎるだけじゃありませんか。梟の福太郎だって、いかにも子供の思い付きそうなことでしょう」

「信吾さんが相談屋のあるじさんで、さらに将棋会所の席亭でありながら、子供の良さを喪わないでいられるのは」

「子供の良さとおっしゃると」

「ちょっとしたことにもおもしろさを見付けようとすることと、天真爛漫《てんしんらんまん》さですかね。それは天成のものなのでしょうか。いずれにしても、それをお持ちだから、ここまで独自な視点の本が生まれたのだと思います。子供の良さを喪わないでいられるのは、子供に将棋を教えているからでしょうか」

「大人にもお年寄りにも教える、というよりわかってもらいたいと、常に思っていますけれど」

「そこですよ」と、志吾郎は納得できたという顔になった。「教える者は一段高い位置にいて、まさに教えるのですが、信吾さんは相手が子供であろうがお年寄りであろうが、相手の目の高さで向きあうようにしているのですね」

「そうしないと、対等に話せないのではないでしょうか」

志吾郎は「なるほど」とでも言いたげに、何度もうなずいた。

「それにしても、いい内容にしていただきました。てまえも将棋を根本から学び直しますよ。将棋上達法の本を担当しながら、その程度の腕か。なんて思われると、本の売れ行きに悪影響を及ぼしかねませんからね」

「書肆の番頭さんともなりますと、なにかと苦労が多いようですね」

もちろん皮肉ではなかったが、志吾郎にもそれはわかったようである。

「只者でないとの直感どおりだと思ったのは書名でした。斬新さに、まさに度肝を抜かれましたよ」

「世間に出廻っているような、ありきたりな本の題にはしたくなかったものですから」

「そこが信吾さんの信吾さんたるところなのですね。てまえも知恵を絞りましたが、信吾さんの案の足元にも及びません。それはともかく、なぜこういう書名をだれも思い付かなかったのだろう」

首を傾《かし》げ、しばらく考えてから志吾郎は続けた。

「てまえもこの業界の人間ですから、具体的な書名を出すのは控えさせていただきます。ですが、どれもこれも難しい字を使ったり、もったいぶっていることもあって、なにについて書かれた本かわからぬものがほとんどですからね。しかも受け手の側が、それをありがたがっているのだから困りものです。てまえは信吾さん、いえ行雲亭さんの書名案を拝見して、目から鱗《うろこ》が落ちる思いがしました。いただいた三つの候補ですが、どれも平明でとても身近に感じられるじゃないですか。まるでわたしたちが、日ごろ考えたり喋ったりしている感覚に近い、いやまさにそのままです。今までこのようにすなおと言いますか、読み手の側に立って書かれた書名はありませんでしたから。本の題はなにが書かれているか、ひと目見てわかるようでなくてはならないと思いましたから」

あまりにも手放しな褒めようなので、信吾はまるで弁解するように言ってしまった。

「ああでもないこうでもないと考えているうちに、頭の中が闇鍋のようになりましたよ」

「いや、どれにも魅力があって、迷わずにいられません。一番目が『己を活かせば将棋は上達する』ですか」

「前半の己を活かせばに関しては、多くの事柄に共通しますが、志吾郎さんのおっしゃったことに共感しましてね」

「長いあいだ将棋を指しながら強くなれないのは、自分の持ち味を活かし切っていないからだ、ということですね」

「活かせば上達する。活かさないと、あるいは活かせないと、上達はままならない。その微妙な部分になにかを感じてもらえると、本を手に取ってくれるかもしれないと思ったのですが」

「というより、それを願って付けた書名ですね。お気持はよくわかります」

「だけど、手に取ってもらえないとお手あげですよ」

うなずきながら、志吾郎は次の『将棋速習法』を喰い入るように見ている。そして顔をあげると、きっぱりと言った。

「まさに簡潔明瞭。そのものズバリですね。ひと目でどのような内容かわかります。速習を枠で囲むとか、白く抜き出したほうがいいかもしれません」

志吾郎がそう言ったということは、信吾のねらいが通じたということだ。

「露骨なくらい、派手にやったほうがいいでしょう」と、信吾はおおきくうなずいた。

「なにごとかを為《な》すためには、努力しなければなりませんが」

「どうせ努力しなければならないのであれば、だれだってなるべく早く目的を達したいですものね」

「将棋にもそれができる方法があるなら」

「自分のものとしたいですよ」

「だったら、この本を買おう」

「となってくれればいいのですがね」

二人は顔を見あわせて笑った。信吾はなんだか志吾郎と話しているというより、自問自答しているような気がした。

「最後も一捻《ひとひね》りしましたね。『競り勝つための将棋必勝法』ですか。先の二つは本人一人の問題ですが」

「はい。単に強くなりたい、上達したいというより、競争相手、好敵手のいる人に的を絞りました。その点、だれにでも受け容れてもらえるとはかぎりません」

「そのため敢えて、上達法でなく必勝法としたのですね」と言ってから、志吾郎は真剣そのものの目となった。「信吾さんはどの書名をお望みですか。いえ、あるじの富三郎と相談して決めることになりますが、著者の意向を伝えたいと思いますので」

「ここに出した順番ですが、最初に出したものが一番内容に即していると」

「『己を活かせば将棋は上達する』ですね」

そう言ってから志吾郎は含み笑いをした。

「どうなさいました」

「信吾さんのご本が評判を呼びましたら、将棋の部分を囲碁とか水練とかに換えて、続き物的にできるのではないかと」

「むッ、この男は只者ではない」

信吾が志吾郎の言ったことを逆手に取ったので、二人は思わず噴き出してしまった。

「失礼しました。実はてまえも第一に推したいのがその書名というか、それしかないと思っているのですよ」

「となると、あるじの富三郎さん次第ということですか」

「いえ、よほどのことがないかぎり、決まりでしょう」

「いいのですか、断言して」

「だって著者の信吾さん、じゃなかった行雲亭流粋さんと、担当の不肖わたくし志吾郎が、これしかないと言っているのですからね。冗談はさて措《お》き」と志吾郎は、三部の原稿の綴りを両手に持って頭の上に掲げた。「改めて念入りに見直しますが、ほとんどこのままで、あっても微調整で進められると思います」

「書いた物が本になると書き手は自分の分身だと感じるそうだ、と志吾郎さんは言ったけどね。わたしの手から志吾郎さんの手に移って、それをあの人が両手で掲げたとき、ボーッと光を放ったような気がしたよ」

「きっと本が評判になるとの前触れですよ」

「そうは問屋が卸さないだろうけどね」

　できればそうなってもらいたいものだ。

　そして五月には赤子が生まれる。綴《と》じられた原稿は分身かもしれないが、詰まるところそれは比喩にすぎない。ところが生まれ来る子供は、まさに波乃にとっては分身そのものなのだ。

その日が着実に近付いているのである。

蛙の仔

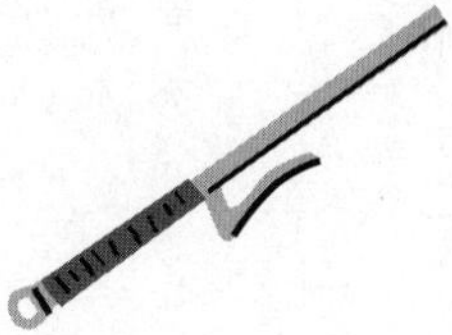

一

時の鐘が四ツ（十時）を告げて、ほどなくであった。

「特に変わったことはねえだろうな。目つきの悪いのや、妙なことを訊《き》きまわるやつがいたら報《しら》せるんだぜ」

格子戸を開けて土間に足を踏み入れた岡っ引の権六は、だれにともなくそう言いながら信吾に目交ぜした。傍《そば》に行くと声を低めて言った。

「今日明日でなくてもいいのだが、どっかで半刻《はんとき》（約一時間）ほど空けてもらえねえか」

「まさか相談事では」

冗談っぽく言うと権六は真顔で首を振った。

「そうじゃねえが、頼みのようなもんだ」

ようなものだとしても、権六の頼みとあらば少しでも早く聞くべきである。信吾は素早く頭の中の予定表を繰った。

「今夜は空いていますが」

「ほんじゃ今晩、六ツ半（七時）ということで頼まあ」

その時刻なら食事を終えた常吉が、番犬の餌皿を持って将棋会所にもどったあとなので、なんの問題もない。

用の途中で寄ったのだろう。権六は「邪魔したな」と言って、格子戸を開けると外に出た。手下を連れずに一人で来たのは、それを伝えるだけだったからのようだ。

先に食べさせた常吉と交替で昼食にもどった信吾が話すと、波乃は食事を用意するかどうかを訊いた。

「食べて来るだろうが、酒と肴《さかな》は用意してもらおうか」

そう言っておいたのである。


権六は時刻を違《たが》えずにやって来たが、一人ではなく常吉と同年輩の子供というか若者を連れていた。であれば昼まえに来たときに言えばいいのに、信吾には権六のやり方がいささか不可解であった。

信吾がなにか言おうとすると、権六はそれを手で制した。

「波乃さんといっしょに願いまさぁ」

権六が信吾だけでなく波乃にもいっしょにとなると、考えられることは一つであった。

「えッ、するとお連れの方は、権六親分の息子さんですか」

信吾は権六が妻帯していることは知っていたものの、子供がいるとは思ってもいなかった。改めて若者を見たが、まさに不意討ちに等しい。なぜなら細身の体軀《たいく》や人懐っこい丸顔からは、とても権六の子供とは思えなかったからである。

権六は肩幅と胸の厚みは人並み以上あるが、短軀でしかもガニ股であった。ちいさな目が左右に開いた異相と、不気味さから付けられた渾名《あだな》がマムシである。いかつい顔のせいで鬼瓦とも呼ばれていた。

となると息子は、権六の血を受けずに母親に似たのだろう。しかしいくらなんでも、母親似でよかったですねとは言えない。

酒肴《しゅこう》を載せたおおきな盆を持って来た波乃も、思いは信吾とおなじだったようで、目を丸くしている。

「まさか親分さんに、こんなにおおきな息子さんが」

「気を悪くせんでもらいたいんだ、お二人さん。機会がなかっただけで、隠していた訳じゃありませんでね。倅《せがれ》の吾一《ごいち》でやす」

父親に倣って息子は深々と頭をさげた。

「吾一です。よろしくお願いいたします」

「こちらこそよろしく」

信吾がそう言うと、波乃は少し考えてから言った。

「だったら、もう一つ盃《さかずき》をお持ちしますね」

権六と信吾のまえに盃を置いて、銚子《ちょうし》の酒を注ぎながら波乃が言った。

「いや、酒を覚えさせるのはまだ早い。筆おろしもすんどらんのでね」

まともな父親らしい権六の言葉に、信吾はニヤリと吾一はクスリと笑った。筆おろしの意味を知らないからだろう、波乃の表情にはなんの変化もない。

信吾はさり気なく息子に訊いた。

「ゴイチはどういう字を書くんだい」

「吾《われ》に」と言いながら、人差指を横に引いた。「一です」

「吾一と呼ばせてもらっていいな。ところで吾一は渾名を付けられているかい。いやさ、親父《おやじ》さんたちの世界では渾名が付けられて初めて、一人前だと聞いたのでね」

「ないことはないけど、あまり良くは」

「本人が得意になったりうれしがる渾名なんて、滅多にあるもんじゃないよ」

「でも、ちょっとひどいので」

「ひどいのかい。あ、待っておくれ。だったら当ててみせるから。うまくいくかどうかわからんけどな。えーっと、ふむふむ」

やけに砕けた口調の信吾に調子を狂わされたらしく、吾一は呆気《あっけ》にとられたようだ。

相談屋と将棋会所をやっていることは教えただろうが、信吾がかなりな変わり者だとは権六は言っていないのだろう。

「よし、わかった」

しばらく空中を睨《にら》み、それからおおきくうなずくと、信吾は右手の拳《こぶし》で左手の掌《てのひら》を力強く打った。

「しかも自信あり」

三人に見られて信吾は胸を張る。波乃は「やると思ってました」というふうに微笑《ほほえ》み、権六は「これが信吾の持ち味ではあるが」と薄い笑いを浮かべた。吾一は大人に較《くら》べるとさすがに子供で、信吾がなにを言い出すのだろうと期待に満ちた目になっている。

「外れたら、みっともなくて浅草を歩けなくなるんじゃありやせんか、信吾さん」

「権六親分にさん付けで呼ばれると、くすぐったくてならない。いつもどおり信吾と呼び捨てにしてくださいよ」と言って、父親から息子に目を移した。「吾一の渾名となるとこれしかない」

浅草を歩けなくなるとの権六のからかいを、撥《は》ね退《の》けるように信吾はきっぱりと言った。

「ボロイチだろう」

背伸びして大人っぽく見せていた吾一が、そのひと言で一瞬にして子供の顔にもどった。

「えーッ、なぜわかったんですか」

「子供が渾名を付けるときは」と、信吾は断言した。「顔や体、癖、名前の三つから付けることが多いんだ。一番多いのが名前で、しかも付け方にはいくつかの型がある。読みに絡めてそいつらしい渾名を思い付くか、名前の字をどういじくるかだな」

　信吾は自分の分析を披露した。

　吾一の吾を上下二つに分けると五と口になる。口を片仮名のロと読ませるとゴロイチ。渾名はからかったり囃《はや》したりできるほうがおもしろいから、ゴロイチは自然とボロイチになった、というものだ。

「すごい。すごいなあ、信吾さんは。父さんの言うとおりだ」

「あら、権六親分さんがなんておっしゃったのですか」

　つい我慢できないというふうに、波乃が口を挟んだ。

「信吾さんと、あ、波乃さんもですけど。父さんがお二人は普通じゃないから、あッ、いい意味で、ですよ」と、吾一は慌てて言い直した。「お二人と話していると閃《ひらめ》きが得られて、行き詰まっていたいくつものあれこれを、嘘《うそ》のように解決できたと言っていました」

「納得できただろう、吾一」と、権六が父親の顔で言った。「おまえも信吾さんや波乃さんのような人と巡りあうことがあるだろうが、そういう人を大事にしなきゃ駄目だぜ」

「さっきも言いましたが、親分にさん付けで呼ばれるとお尻がくすぐったくてならない。いつもどおり信吾と呼び捨てにしてくださいよ」と父親に言ってから、信吾は息子に向き直った。「それじゃ吾一に訊くけれど」

「なんでしょう、信吾さん」

「わたしは幼馴染《おさななじみ》からキューちゃんと呼ばれているが、なぜだかわかるかい」

「信吾さんがキューちゃんですって、ちょっと、ちょっと待ってくださいよ。名前でしょ。信吾さんがキューちゃんですね。キューちゃん、キューちゃん、キューちゃん」

吾一の目と表情は、父親に連れられて初めて訪れた人、いや夫婦に対しているとは思えなかった。自分に投げ掛けられた問いのみに集中しているのである。輝いたかと思うと曇り、そうしながらじりじりと迫っているのが感じられた。

「わかった」と、吾一は喜色を満面に浮かべた。「わかりましたよ」

ほとんどはしゃいでいるとしか思えない息子を、権六は苦笑しながら窘《たしな》めた。

「吾一、ちがっていたら浅草の町を歩けなくなるぞ」

「父さん、それはさっき信吾さんに言ったばかりじゃないですか。あッ、そうか。当たっていたら、信吾さんとおなじくらいすごいってことだね」と、吾一は顔を輝かせた。

「信吾さんですから、シンゴと分けることができます。シンゴはシのゴとなりますね。四の五の言わずにのシのゴです。言葉のふしぎなところというか、これってわかる人にはわかって、わからない人には一生わからないと思うけど、シのゴですからね。シとゴつまり四と五を足せば九でしょう。だからキューちゃんとなった」

大抵のことには驚かない信吾が、心底驚いたのである。

「まいりました。兜《かぶと》を脱ぐしかないね」と、信吾は言った。「梅檀《せんだん》は双葉より芳しと言いますが、吾一さんはすごい。親分さん以上の目明しになるかもしれませんよ」

信吾は思わず吾一に「さん」を付けたほど感じ入ったのである。

「青は藍より出《い》でて藍より青し、ですね」

「よしてくだせえ、信吾さんに波乃さん」と、権六が言った。「お二人に褒められちゃ、子供は舞いあがってしまいますよ。蛙《かわず》の仔《こ》は蛙ですからね。それもまだ、オタマジャクシにもなってねえんだから」

「吾一さんの頓智《とんち》に驚いて、鍛えればいい目明しになると思われたんでしょう。今日いらしたのは吾一さんのお披露目で、明日から連れ歩いてなにかと教える腹積もりではないのですか」

「十三の子供でやすから、取《と》り敢《あ》えずは仕事をこなせるだけの体を作らねばならん。でなきゃ足手まといになるのでね。八丁堀《はっちょうぼり》の道場に通わせて、体作りからと思うとりやす」

「浅草から八丁堀までとなると」と、波乃は素早く計算したらしい。「片道でも半刻できかないでしょう」

「往《い》き来《き》で一刻（約二時間）あまり。半年も通えば、多少は足腰もしっかりするだろうからな。あとはこいつが耐えられるかどうかだが」

「だ、大丈夫だって」

波乃が含み笑いしたのは、吾一の口調が小僧の常吉に似ていたからだろう。

「あっしゃ、こいつがこの仕事を継ぐ気でいるとは、思いもしてやせんでしたのでね。手習所に通わせてどっかに奉公させ、真っ当な商人《あきんど》にとばかり」

祖母の咲江や両親からも聞いたし、甚兵衛なども言っていたが、信吾の知るまえの権六は鼻持ちならない岡っ引であったらしい。だから吾一が、そんな父親をどう見ているかはわかっていたので、権六はおなじ職を選ぶとは思いもしなかったのだろう。

二

「なにか、きっかけがあったようですね」

「たまたま見ちまったもんでね。でありゃあと、あっしも肚《はら》を括《くく》りやした」

「と申されますと」

「信吾、さんと知りおうて何年に」

うっかり名前とさんを切って言ったことに気付いたからだろう、権六は苦笑するしかなかったようだ。笑い上戸の波乃は、たまらず噴き出してしまった。

「丸三年ですね。四年目に入りました」

新しくできた将棋会所「駒形」のようすを探りに来た権六は、駒形堂《こまんどう》の裏手で地元の人が宮戸川《みやとがわ》と呼ぶ大川、つまり墨田川《すみだがわ》を見ながら信吾と雑談した。そのときの閃きで難航していた事件を解決する手柄を立てた権六は、以後はいくつもの事件を解決に導き、頼もしい親分さんだと頼られるようになったのである。

それまでの子分は、役に立つどころか足手まといでしかない鈍重な浅吉《あさきち》一人であった。ところが認められるにつれ一人、二人と子分は増えている。今はたしか四人いるので、吾一が加われば五人となり、かつての権六からはとても考えられないことだ。

三人目の安吉《やすきち》が手下になったとき、権六は浅吉を下駄《げた》の歯入れ職人の弟子にしてもらった。鈍くて話すのが苦手でも、根気さえよければ勤まるからである。

つまりそのころから、吾一の父親を見る目が変わってきたのだろう。たまたま見たものとは、権六によるとこういうことであった。

た。

半年ほどまえのことだ。

千住《せんじゅ》での仕事を終えた権六が浅草花川戸町《はなかわどちょう》の家に帰るべく、浅草山之宿町《やまのしゅくちょう》を歩いていたときである。空き地で遊ぶ子供たちを横目に見て、権六はそっと木の幹に体を寄せた。

棒を持った二人の少年が向かいあっている。一人の棒は三尺（約九〇センチメートル）ほどで、もう一人は一尺（約三〇センチメートル）あまりだが鈎《かぎ》が取り付けてあった。手製の十手《じって》のようだ。

刀と十手の対決のつもりなのだろうが、驚いたのは十手の構えである。右足をまえに出し、やはりまえに出した右手に十手を握っていた。上体を後方に引いて、ぎりぎりまで低く構えている。

それよりも驚いたのは、十手を手にしたほうが息子の吾一だったことだ。

その瞬間、権六の中で二つの出来事が結び付いた。

与力や同心の組屋敷がある八丁堀の敷地には、亀島町《かめしまちょう》寄りに広い道場がある。剣術、柔術、そして十手術と捕縄術《とりなわじゅつ》の修練のための場であった。

同心や岡っ引たちは、時間ができれば、いや、むりに作ってでも道場で稽古に励んだ。場合によっては、刀や槍《やり》を持った相手と対峙《たいじ》しなければならない。出会い頭にということもある。咄嗟《とっさ》の場合に、十手を自在に扱えないと命に関わるからだ。

同心は大小を腰に十手を帯の背か懐に挿しているが、岡っ引の武器《えもの》は十手だけと言ってもいい。だからかれらは意気ごみからしてちがう。

ある日、道場の武者窓から覗《のぞ》いている子供がいるのに、岡っ引の一人が気付いた。最初は気に掛けなかったが、何度見てもしがみついて喰《く》い入るように見ている。

そして夢中になってわれを忘れたらしく、思わず叫んでしまったのである。

「すっげえ」

さすがに岡っ引も黙ってはいられない。

「馬鹿もん、見世物じゃねえぞ。どこの餓鬼だ」

真っ赤な顔と銅鑼《どら》のような吶声《どせい》に、子供は転がり落ち、あとをも見ずに逃げ出した。古い木箱を積んで、その上に乗って見ていたらしい。木箱が散乱していた。

実は吾一が足首を挫《くじ》いたことがあった。友達と遊んでいて捻《ひね》ったと言っていたし、数日で治ったので忘れていたのである。

武者窓から覗いていた少年の話が、権六の耳に入るのに日にちが掛かったので、ずれが生じたらしい。吾一は吶声に驚いて転がり落ちたのであって、友達と遊んでいて足首を捻ったのではなかったのだ。

権六は一年半ほどまえに、御用聞きになるにはどうすればいいかと、吾一からそれとなく訊かれたことがあった。しかし本心からとは思えなかったので、手習所で五年間みっちり読み書き算盤《そろばん》を習い、往来物《おうらいもの》などで世の中のことを学ぶのが先だと諭《さと》したのである。その後なにも言わないので、御用聞きになる気はなくなったと思っていたのであった。

吾一は御用聞きになるのに一番大事なのはなにかを、権六の手下のだれかに訊いたのだろう。当然、十手を自在に扱えるかどうかだ、と答えるに決まっている。

岡っ引が十手や捕縄の鍛錬に励む道場のことを知った吾一は、もう我慢ができない。八丁堀の道場で十手術に見入って、目に焼き付けたにちがいなかった。

そして自分で十手を作り、仲間と稽古を始めたのだ。八ツ（二時）に手習所を終えるなり、暗くなるまで毎日励んでいたのだろう。

それを権六が偶然目にしたのである。だがすぐに吾一に話すことはなく、数日を置いたのであった。

子分たちに調べものなどを命じた権六は、花川戸の家から吾一を誘い出した。どこに行くとも言わず黙って歩いたが、吾一も無言のまま従う。

山之宿町の手前で左、つまり西に折れ、左右の寺のあいだを抜けると浅草寺の東の門であった。門を潜《くぐ》ると南側に五重塔が聳《そび》え、時の鐘がある弁天山が木立に蔽《おお》われている。

弁天池に架けられた橋を渡り、弁天山への石段を登ると一気に視界が開けた。本殿の手前に向きあった阿吽《あうん》の狛犬《こまいぬ》があるが、そこで権六は立ち止まった。

「少しまえになるが、山之宿町の空き地で十手の稽古をしているのを見掛けた」

目だけでなく吾一の顔全体が輝いた。やっと手下にしてくれるのだ、とそう思ったにちがいない。

「十手の構えはだれに教わった」と言ってしばらく待ったが、返辞はない。「てことは、見て覚えたんだな」

吾一は黙ったままうなずいた。

「そこまでやりたいなら教えてやるが、喜ぶのはちと早い。自分で変な形を作ってそのまま固まり、悪い癖が付いてしまうと、あとで直しが利かなくなるからだ」

思いもしない言葉だったのだろう、吾一の顔は強張《こわば》った。

「構えの恰好《かっこう》だけはしているが、なぜあの構えでなければならんのかまるでわかっちゃおらん。まず、あれから直さねばならんな」

そこで権六は話を打ち切った。

「ここからは十手のことになって、お二人には退屈だと思いやすんで端折《はしょ》りやしょう」

「いや、これから吾一が十手をどのようにって、話が肝腎なところに進んでしょう。講釈の切れ場じゃないんだから、気を持たせないで詳しく話してくださいよ」

「と言われてもなあ。信吾さんは武芸の心得があるから退屈せんかもしれんが、波乃さんは女の人だからね」

「親分さん」

「なんですかい、改まって」

「いつどこで役に立つかわかりませんから、相談屋はどんなことでも知っておくに越したことはない。それが相談屋のあるじの口癖でしてね」

「相談屋のあるじ、ですかい」と、権六は波乃をからかった。「あっしゃぁ、信吾さんじゃねえかと思ってやしたが」

　吾一が控えめに笑った。

　それじゃ続けますんで退屈したら言ってくだせえ、と前置きして権六は続きを話した。

「原っぱでやっていた十手の構えだが、道場の窓から見ただけで覚えたのか」

　父親が、覗き見のことまで知っているとは思いもしなかったのだろう、吾一は目を見開き、すぐに耳まで真っ赤になった。

　ゴクンと唾を呑《の》み、そしてうなずく。

「見て、どう思った」

「思うもなにも、びっくりした」と言ってから、あわてて言いなおした。「びっくりしやした」

「なぜだ」

「あんなに低く構えるとは、思ってもいなかったから」

右手で握り、右脚を突き出したその上に十手を構え、上体をうしろに引いて低くさげる、吾一が真似《まね》していた構えのことである。

「相手から見れば、幅が狭く高さが低い。つまり、攻めを受ける面が少ない。理に適《かな》っている」

それだけではない。敵が大刀《たち》を振りおろすより一瞬早く懐に飛びこみ、十手の棒身と鈎で刀身を挟んで捻《ね》じ倒してしまう。「尺取虫《しやくとりむし》の屈《かが》むはその伸びんがためなり」との諺《ことわざ》があるが、低くしゃがむのは弾みを付けて飛びこむための、もっとも効果的な姿勢ということであった。

権六は懐から私物の十手を取り出した。

十手は町奉行所に備え付けで、八丁堀の旦那と呼ばれる同心の供をするときと、捕物でしか持ってはならないのが決まりである。紛失や破損した場合には届けねばならないし、なにかと手続きが煩わしいので、私物の携行は黙認されていた。

「もう一遍、構えてみろ」

手渡された吾一は十手を握りしめていたが、おおきく息をすると瞬時に構えて見せた。ぴたりと決めると、微動もしない。

権六は笑いを堪《こら》えるのに苦労した。繰り返して練習した成果で、吾一にすれば「見てくれ、親分」と言いたいところだろう。

「相手によって変えねばならんが、それが十手の構えの基本だ」

じっと見ていたが、権六はちいさく首を振った。

「似て非なり、と言うが、どういう意味か知っておるか」

「はい。手習所で教わりました」

「吾一のやったのがそれだ。なぜその構えをするかが、まるでわかっとらん」

吾一は構えを止《や》めて立ちあがった。わかっていないと言われ、心外でならないという顔である。

「攻められる面をなるべくちいさくするのと、一気に攻めに転じるための、一番いい構えだと思いやすが」

「だれに教えてもろうた」

「だれにも」

「てめえで考えたのか」

「へい」

「だったら、なぜそれを活《い》かすよう工夫せんのだ」

言われた意味がわからぬらしく、吾一は戸惑っている。

ふたたび構えさせると、権六は右に左に、まえにうしろに動くよう命じた。吾一は精一杯に動いたが、低い構えのためもあってその動きは鈍く、ぎこちない。自分でも歯痒《はがゆ》くてならないらしく、息を喘《あえ》がせ顔を歪《ゆが》めている。

「のろまな動きしかできんのは力みすぎているためで、そんな構えではいざというとき満足に動けん。肩、肘、手首、腰、膝、足首」

言いながら権六は、吾一の関節部分を順に叩《たた》いて力を抜くように指示した。続いて二の腕と腿《もも》の力を抜くよう言った。逆に爪先に力を入れ、指に地面を咬《か》ませるくらいの気概でなければならないと教えた。

「やってみろ」

おなじ動きをしたが、まるで別人のように滑らかである。一方向への単純な動きだけでなく、権六はまえ、さらにまえとか、左、そしてうしろなどと、動きをあれこれと組みあわせたが、それにもかなり対応できた。

「十分とは言えんが、いくらかは動けるようになっただろう」

「力を入れるところと抜くところが、あるんでやすね」

「理屈がわからずにいくら稽古を重ねても、むだになるってことがわかったか」

武者窓にしがみついて見ていた吾一は、次々と繰り出される技に、ただ驚嘆するばかりだったのだろう。それからは仲間を集めて十手術に励んだのだ。少しでも技を早くするためには、何度でも繰り返さねばならない。仲間が「もういやだ」と泣きべそを掻《か》いても、吾一は止めようとしなかったはずである。

権六には掌を指すように、吾一がなにを考え、いかに努力したかがわかったのだ。むだな努力があったからこそ、理屈にあった考えや動きが、いかに重要かも理解できたはずであった。

最初にそれを頭に叩きこんでおくだけで、以後はひと言指摘すれば修正が利く。

権六は一瞥《いちべつ》しただけで欠点を見抜いたが、吾一にすれば神のごとくに映ったにちがいない。そんなすごい人が親分であり、実の父親なのである。

「目から鱗《うろこ》が落ちやした」

「まだまだ落ちる。何枚も、ぽろぽろとな」

三

「あらあら、お酒がちっとも進んでいないではないですか。それより吾一さん、お父さんにお酒は駄目だと言われているのですから、せっせと食べてくださいね。全部食べても、お二人はなにも言わないと思いますよ」

言いながら波乃は銚子を取って、権六と信吾に吞むようにうながした。吞《の》み乾《ほ》すのを待ってから新たに注ぐのは、酒呑みには継ぎ足されるのを嫌がる人が多いからだ。

「権六親分としては、そのままではすませられませんね」

「えッ、どういうこってす。信吾さん」

「亀島町寄りにある道場ですがね。吾一は木箱を積み重ねて覗き見し、叱られて転げ落ちました。つまりは道場を外側から見た訳です。となると親分さんは自分の仕事を継ぐことになる息子さんに、それを内側から見せずにはいられないと思うのですが」

「なるほど、それが相談屋さんの話の進め方、というより考え方でやすね。これには恐れ入りやしたと言うしかありませんな」

「ですから、それを話してくださいよ」

「しかしですなあ、先ほどよりもっと、十手とか武術に偏《かたよ》りますぜ」

「だから聞きたいの」と、波乃は熱を籠めて言った。「だってそういうことは知りたくても知ることができないし、御番所の道場や武具は見たくても見られないのですもの」

「波乃さんにそこまで言われちゃ、逃げる訳にいきませんなあ」

そう言ってから続きを語ったが、本当は話したくてならなかったにちがいないと思ったほど、権六は楽しそうであった。

「稽古は辛《つれ》えぞ。うんざりするほど、おなじことの繰り返しだからな。だが梯子段《はしごだん》みたいなもんで、一度に天辺《てっぺん》にはあがれねえ。一段ずつ登るしかねえんだ」

権六が吾一にそう言ったのは、道場の門を潜ったときであった。

「稽古を付けるのは体ができてからだ」

十手や捕縄について教えてもらえ、稽古ができると意気込んでいたからだろう。吾一はいささか気落ちしたようである。

「道場がどういう場でどんな稽古をおこなうか。稽古道具にはなにがあって、それぞれがどんな働きをするか。十手と捕縄がどういうもので、いかに使うかを教《おせ》えるだけだ。そのくらい知ってらって顔をしてるが、なんも知らなんだと思い知るだろうよ」

道場に入ると熱気でむんむんとしている。汗が臭った。竹刀や木剣を打ちあう音、気合いの声が飛び交って騒然としている。

見知った顔が多いからだろう、何人もが権六に目顔であいさつしたり、手を挙げたり、近付いて声を掛けたりした。

しばらく応じてから権六は言った。

「では、付いて来い」

道場ではさまざまな稽古がおこなわれていた。剣術、柔術、十手術、捕縄術が主であったが、槍、薙刀《なぎなた》、棒、杖《つえ》、手裏剣も使われている。後者は十手を持った同心や岡っ引が、その対し方を身に付けるためのものであった。

槍術《そうじゅつ》や馬術は、二百石取りの町方与力はともかく、三十俵二人扶持《ににんぶち》の同心には縁がない。中には励んでいる者もいるかもしれないが、その場合は特別な伝手《つて》で、師匠を紹介してもらっているのだろう。

権六はそれぞれの術の武具、その扱い方、捕物の際の使い方、注意点、手入れや保管法について説明した。

初日はそれだけで終わった。


二日目は捕縄についてである。

「同心の旦那が命じて、目明しが賊をふん縛るのだ。目明しは手捕りと言って、素手で捕えるのが自慢でな。手捕りができてはじめて、十手が活かせるってことを、頭に叩きこんでおくのだぞ」

権六は懐から、何重にも折り曲げた細縄を取り出した。ぐるぐる巻きにしてある。さっと両腕を拡《ひろ》げたと思うと、それが一本の捕縄になって垂れさがった。必要なときすぐ使えるよう、特殊な巻き方をしてあるらしい。

突然、権六が吾一に襲いかかった。

「ひえーッ」という声が終わるか終わらぬかのうちに、吾一はぐるぐる巻きにされていた。まさに電光石火の早業である。

「同心の旦那に命じられたか、許しを得るかしなければ、目明しは賊を縛れねえ。縄を掛けただけ、ただ巻き付けただけで、縛っちゃいねえからな」

そう言って権六はぐるぐる巻きにされた吾一に、目で見て縄目をたしかめさせた。着物と縄のあいだに指を差し入れようとしたが、少しの手加減もしていないのに、権六の指はほとんど入らなかった。縄を掛けはしたが縛ってはいない。それなのにビクともしないのである。

そこまでできるためには、どれだけの鍛錬を積み重ねたことだろうか。なにごとも奥はかぎりなく深いことを、吾一は思わずにいられなかったはずだ。

縄を解くと、権六はそれを何重にも折って巻きつけ、懐に納めた。その手際のいいことといったらない。

捕縄は麻製の三つ編みで細く、一方の端に蛇口《へびくち》と呼ばれるちいさな輪が作ってある。ここに一方の端を通して縄を引き絞るのだ。長さの単位は尋《ひろ》で、両手を水平に伸ばして拡げた長さとなり、一尋はほぼ五尺（約一・五メートル）であった。

早縄は長さ二尋半（約三・八メートル）で、権六が吾一を巻き付けたように結び目を付けない。被拘束者は容疑者であり、犯人とは限らないので、冤罪《えんざい》であったときの面倒を防ぐための配慮である。

本縄は五尋（約七・五メートル）で、罪人を本格的に縛る縄を意味する。職業、身分、男女によって掛け方が決まっており、三百種類以上もあった。

鈎縄は早縄の一端に鉄製の鈎を付けたもので、それを相手の襟元へ引っ掛けてぐるぐる巻きにする。格闘になれば着物の襟や帯、髷《まげ》などに掛けて使った。道の片側に鈎を打ちこんで引っ張り、逃亡する犯人を倒すとか、畳に鈎を打って相手を一巻きにする畳捕りなど、工夫次第でさまざまな使い方ができた。

巻き取った細縄を懐から出して両手で引くと、瞬間に一本の紐縄《ひもなわ》になる。単純だがそれだけに、わずかな狂いがあっても、いざというとき役に立たない。権六はそれを折り畳んで、ていねいに巻いていく。

「吾一、暇さえありゃ手に馴染ませるのだぞ」と言って、権六は巻きあげた細縄を吾一に投げた。「おめえにやるから、縄が自分の指になるように慣らしておけ」

権六は目明したちの捕縄術をしばらく吾一に見学させ、その日は早目に切りあげた。

そして三日目はいよいよ十手である。

壁には無数の竹刀や木刀が掛けてあった。権六のあとについて行くと、そちらの壁は十手ばかりである。

「剣もやったほうがいいが、まず十手術、捕縄術、柔術、この三つを身に付けねばならん。すべて大事だが、中でも十手が一番だ。刃物を持った相手に向かうのだからな。刀、槍、薙刀そういう刃《やいば》に、十手一本で立ち向かう」と、権六は吾一に顔を向けた。「狭い場所や相手とくっついたときには、刀は使い辛《づら》く、ときによっては邪魔になるからな。十手の付け入る隙ができるのだ」

壁の十手を取って権六が渡すと、受け取った吾一は首を傾《かし》げた。

「稽古用だ」

一尺七寸（約五二センチメートル）ほどの丸木で、鉄製の鉤が付いていた。断面は丸形だけでなく六角形もあるし、一尺三寸（四〇センチメートル弱）から二尺（六〇センチメートル強）まで、長さもさまざまだ。木製だがけっこう重みがあるのは、樫《かし》などの緻密な材質だからだろう。

「稽古に鉄を使うと相手の武器を瑕《きず》付《つ》ける。打ちどころが悪けりゃ、大怪我《おおけが》をさせる恐れがあるからな。鉤だけは、折れやすいので鉄でできている。こっちが捕物用だ」

稽古用より一寸（約三センチメートル）ぐらい短い。

「鍛鉄と呼ぶ鉄製のと、真鍮《しんちゆう》製がある。ここを棒身《ぼうしん》と言う。その先が宵の明星だ」

そう言って権六は棒身の先端を示した。

刀に比べるとぐっとちいさいが鍔《つば》も付いている。

権六はいちいち指で示しながら、部分の名称をゆっくりと、二度ずつ繰り返した。勘のいい者ならそれだけで気付くはずである。

　鍔のすぐ上に鎺《はばき》が取り付けられ、鈎はその中央の菊座に固定されていて、太刀《たち》もぎの鈎とも呼ぶ。鍔のすぐ下が柄縁《つかぶち》だ。

「握るところが握柄《にぎりえ》で、手の内とも呼ぶ。握柄は鮫皮《さめがわ》だ。ざらざらして滑らない。鮫の皮でなくても鮫皮と呼ぶ。刀の場合は、柄巻師《つかまきし》がその上を組紐で巻く」

　握柄のほぼ中央を留めたのが胴金《どうがね》、柄の一番下が柄頭《つかがしら》で冠板《かんむりいた》とも呼ぶ。その先に紐《ひも》付鐶《つけかん》があるが、岡っ引が紐を着けることはない。

「十手のことは教えた」

　権六は捕物用の十手を、吾一の目のまえに突き出した。そして鍔のすぐ下を指さした。

「ここはなんと言う」

「柄縁」

　続いて棒身の先端を示した。

「宵の明星」

　今度は柄を指さす。

「握柄。またの名を手の内と言いやす」

　さらに権六は何箇所かを示したが、吾一はまちがえずに答えた。権六が二度ずつ繰り返したとき、あとで訊かれると気付いて頭に叩きこんだのであれば及第点である。

　続いて鈎であった。

この太刀もぎの鈎があるために、十手はちいさくても刀剣、薙刀などを相手に戦えた。敵の武器を受け止めるだけでなく、鈎で挟んで捻り、動けなくできるし、手許《てもと》に滑りこんで敵の武器を握り、押さえてしまう。また鈎を支点とし、握柄と棒身で梃子《てこ》の原理を使って敵を投げ倒せる。武器を奪い取ることも可能であった。

懐に飛びこんでしまえば敵は長大な武器を持て余す。接近戦こそ十手の得意とするところであった。棒身と鈎で敵の指を挟んで捻じり、抑えこんで動けなくもできれば、鈎の先端での急所への攻撃も効果的である。膝と組みあわせると、さらに効果はおおきい。

これに早縄と本縄の捕縄術、さらに柔術を組みあわせれば、鬼に金棒であった。

権六はパンと手を打った。

「よし、この三日で言ったあれこれは忘れてしまえ」

「忘れてしまえたって」

吾一は呆気にとられている。

「頭で覚えたことは身に付かん。いざというときに活きるのは、体が覚えたことだけだ」

「取り敢えず十手と捕縄について、おおまかなことは教えたってだけでね」と、権六は言った。「塀に囲まれたお屋敷を外から眺めたくらいで、まだ門から屋敷内には入っちゃいねえのさ。屋敷の大屋根や聳える庭木は見えても、そこにいる人のことはなんもわかっとらん。体が一人前になりゃ、順に教えるつもりですがね」

覚えなければならないことはいくらでもあるが、お役所は決めごとも多いそうだ。

例えば町奉行所への出入り一つ取っても、細かな決まりがあった。手札が出ている権六は門から入れるが、手下は門番に挨拶をして右側の潜り戸から入らねばならない。左側の潜り戸は、囚人などが出入りする不浄の門である。

「吾一さん、憶《おぼ》えなければならないことが一杯だから、これからなにかと大変ね」

波乃がそう言うと吾一はきっぱりと応えた。

「親父さんのお蔭で助かった、命拾いをした、商売を続けられるって礼に来る人を見てるとね、自分も人のために力になりたいと思わずにいられやせん。だからおいらは歯を喰い縛ってでも、一人前の目明しになりますよ」

「まあ、頼もしい。親分さん、いい息子さんで安心じゃないですか」

「口ではなんとでも言えるからね。てことで、そろそろ五ツ半（九時）だろう。吾一は先に帰《けえ》りな。おれはお二人ともう少し話してからにする。木戸が閉まるまでには帰るからな」

「わかりやした」と父親に言ってから、吾一は信吾と波乃に頭をさげた。「ご馳走《ちそう》さまでした。それに楽しい話をありがとうございました。ときどき寄せてもらってもいいですか」

「もちろん。吾一ならいつだって大歓迎だよ」

信吾と波乃に何度も頭をさげてから、吾一は帰って行った。

四

「吾一さんは礼儀正しいし、とても十三歳とは思えぬほどしっかりしてて、さすが親分の息子さんだと感心しましたよ」

波乃がそう言うと、権六はなんとも奇妙な笑いを浮かべた。

「あっしのようになっちゃどうしようもないと、カミさんがそれだけを考えて育てましたんでね」

信吾と波乃は、思わず顔を見あわせてしまった。自慢することはないとしても、誇らしげな、でなくてもうれしそうな顔をすると思ったからである。ところが権六が洩《も》らしたのは自嘲であった。

「吾一も言うとりましたが、このあと折を見てここに、お二人んとこに寄せてもらおうと思うとるのだが」

「そのことなら本人にも言いましたが、大歓迎ですよ」

「まだまだ子供で世間知らずなもんだから、よくねえところがあればお二人に、叱言《こごと》を言ってもらおうと思いやして」

「気が付けば注意しますけど、その必要はないのではないですか」

だが返ってきたのは意外なひと言だった。

「カミさんは神さんだ。そうとしか言いようがねえ」

意味が汲《く》み取れずに二人が首を傾げると、権六も言葉足らずだったと気付いたようだ。

「こま、ってんですがね」

「こま。ああ、おこまさんとおっしゃるのですか」

「まちがいから子を、吾一を身籠りやして、そんでこまは覚悟したんでしょう」

まるで他人事《ひとごと》のような言い方だが、その後に語ったことからすると、こういうことであった。

権六は仕事に就かず、小博奕《こばくち》やゆすりたかり、岡っ引の手下などで、なんとか口に糊《のり》していたらしい。

今は四十歳を少しすぎた齢《とし》だが、吾一が十三歳なので、そのころ二十六、七歳との計算になる。まさに半端者でしかないが、こまがそれを知ったのは腹に吾一を宿してからであった。

心を入れ替えたと言っても岡っ引の手下では、自分一人が喰っていくこともできない。

料理屋の下働きをしていたこまは、腹が目立つようになると実家《さと》に帰って吾一を産んだ。乳飲み子がいては働きに出ることもできないので、こまは親や親戚から借金して家を借りた。そして大家の許可を得て借家に手を加え、間口一間半の煮売り酒屋を始めたのである。これなら赤ん坊を背負ってでも、なんとかできぬことはない。

酒屋と言っても腰掛替わりの樽《たる》がいくつか伏せてあるだけで、あとは立ち呑みであった。そして註文《ちゆうもん》があれば、野菜の煮物や煮魚、おでんなどを出した。また独り者や病気持ちが惣菜《そうざい》を買って帰るなどで、親子三人がなんとか喰うに困らないだけは稼げたのである。

「こまはあっしとちがって、愛嬌《あいきよう》があって人好きがする。それに煮売り物が、安くて味がいいと評判になりやしてね」

一方の権六は三十五歳になって、町奉行所の同心から手札をもらうことができた。岡っ引として独り立ちしたのである。

奉行所に認められたと言っても、手当は月にわずか一分、つまり一両の四分の一であった。多い者でも一分二朱では、子分の面倒を見るどころか自分たちすら喰っていけない。おこまは権六が御用聞きの仕事に専念できるよう、煮売り酒屋をしながら生活を支えてきた。

腕のいい同心のもとで手柄を立てれば、商家から相談を受けるし、困りごとを解決すれば、それ相応の謝礼が払われる。しかし権六に声を掛ける同心は半端な仕事しか持ってこず、岡っ引仲間から頼まれる用も大した金にはならないのである。

「満足に金は稼げねえのに、いつ仕事を頼まれるかわかりゃしない。夜中や早朝に呼び出されることがあるかと思うと、二日も三日も張りこみで家を空けなきゃならねえからな。せめて倅の吾一だけはまともな人間に育てたい、どんなことがあろうと亭主のようにしちゃならねえ、というのがこまの願いでね。だから礼儀から言葉遣いまで、そりゃ厳しく仕込みましたぜ。まさにカミさんは神さん、だって訳でね」

「あら」と、波乃が言った。「吾一さんはまともまとも、おおまともではありませんか。おこまさんのお蔭だとおっしゃったけど、吾一さんは親分さんの背中を見て育ったと思います」

「そうですよ。吾一さんは、親分さんのお蔭で助かったとか命拾いをした、商売を続けられるって礼に来た人を見て、自分も人のために力になりたいと言ってましたね。実は吾一さんの言ったことは、相談屋を始めようと思ったわたしの気持と、まったくおなじでした」

「その吾一を、お二人が育ててくれたようなもんだってえの」

「えらく話が飛びましたが、育てるもなにも、吾一さんとは今日初めて会ったばかりではないですか」

「吾一があぁなったそもそものきっかけは、信吾、それに波乃さんってことなんだ」

ますます訳がわからない。

「どうやら、風が吹けば桶屋《おけや》が儲《もう》かるみたいな、長い長い話のようですね」

大風が吹けば砂埃《すなぼこり》が立ち、その砂で目を傷める人が増える。目の不自由な人は三味線を弾いて活計《たずき》を立てるから、三味線に張る猫の皮が足らなくなってしまう。

「猫が少なくなれば鼠《ねずみ》が増えて、あちこちの桶が齧《かじ》られるから、桶屋が儲かるってことなんでしょう」

「まさにそのとおり」

ところどころに初めて聞く挿話も挟まっていたが、これまでに何回か聞かされた話であった。

信吾は「よろず相談屋」だけではやっていけないので、おなじ借家に将棋会所を併設した。ようすを見に来た権六は、信吾と雑談しているうちに、どうにもならなかった事件の解決策が閃いたのである。賊を一網打尽にした権六は、以後次々と事件を解決することができた。

頼りになる親分さんだと、悩みや相談事が持ちこまれ、解決すると謝礼が渡される。

「それまでの苦労の甲斐《かい》があって、親分さんの実力が一気に花開いたということだと思いますよ」

「まだ吾一の話まで行ってないだろうが」

「うっかりしてました。話の腰を折って申し訳ない」

「信吾だけじゃねえぞ。嫁さんをもらったというので、顔を見に行ったんだ。ほんで波乃さんと茶を呑みながら話していたら、またも閃いて手柄に結び付いたってことだ。一度や二度ならともかく、それが何度もあったからな。信吾と波乃さんが、あっしの運を開いてくれたってことになるんじゃねえか」

「権六親分という遅咲きの花が、一気に花開いたってことだと思いますよ」

「そのうち商家だけでなく大名や旗本、商家だと大店《おおだな》からなにかと相談を受けるようになった。もちろん相談されるのは与力や同心の旦那だが、その余禄《よろく》にしたって並じゃねえのだ。調べ事をして、問題が表面化しないように解決し、あるいは仲裁するってこったな。当然だが付け届けや謝礼が出る。そのおこぼれが、どうして馬鹿にならない」

　旗本や御家人は目付の管轄で、町奉行所は手出しができない。しかし、町人とのあいだにも悶着《もんちゃく》は起きるし、なにかと知りたいことがあるので声が掛かるということだ。

「ここでようやく吾一が登場だ。親父やその仕事を冷たい目で見ていた小倅の気が、いつしかゆっくりと傾き始めたってことだよ。十手が気に掛かり、道場で十手の構え方や扱いを見て、とうとう手作りしたってことだな」

「それが先ほどの、親父さんとおなじ仕事をやって人に喜ばれたい、との台詞《せりふ》に繋《つな》がる訳ですね」

「てことで、その取っ掛かりを作ってくれたのが信吾、それに波乃さんだからな。おれとおこまは、黒船町には足を向けて寝られなくなったのよ」

「すると一番喜んでいるのは、おこまさんかもしれませんね」と、波乃が言った。「だって願っていた、一番いいところに収まったのですもの」

「収まるもなにも、まだオタマジャクシにもなってねえんだぜ。要はこれからどうなるか、どこまでやれるかってことだ」

「だけど蛙の仔ですからね。飛び抜けた蛙になると思いますよ」

「そう願いてえもんだが、こればかりはな」

「おこまさんには、楽してもらわなくてはなりませんね、親分さん。たいへんな苦労を掛けたんですもの」

波乃が言わなくても、権六はとっくにこまに言葉を掛けていたとのことだ。

「なにも齷齪《あくせく》するこたぁねえぞ。今まで苦労したんだから、少しは楽したらどうでぇ」

権六がそう言うとおこまはにこりと笑った。

「おこまさんの味でなきゃって言うお客さんが多いからね、辞めたくてもあたしゃ辞められないの」

「嘘吐《つ》け、辞める気はねえくせに」

「えへ」と、おこまは舌を出した。「女にとって日銭が入るってことは、ありがたいことなのさ」

そう言われると言葉の返しようがない。

「それと、煮売り屋をやっているから、話しやすい人だっているしね」

いわゆる垂れこみであった。煮物を買いながらさり気なくおこまに告げると、着実に権六に伝わるし、目立つこともない。権六と話しているところを見られては、都合の悪い者もいるのである。

しかし手下が四人になると、食事などの世話に時間を取られるので、かなりきつくなったようであった。さらに吾一が加わるのだ。おこまは渋々と酒屋を辞めることにした。昼と日暮れまえのそれぞれ一刻（約二時間）、煮物とお惣菜を売り、立ち呑みの酒だけは売ることにしたそうだ。

仕事帰りの棒手振《ぼてふ》りや職人たちは、一杯の酒を楽しみにしていた。一杯だけなら、女房も大目に見てくれるのだろう。

「それにあたしゃ、こまねずみだからね、動いてなきゃ身も心も変になるのさ」

小柄な体でよく働くのと、その名前からだろうが、「こまねずみのおこまさん」あるいは単に「こまねずみ」と呼ばれているが、本人もその渾名を気に入っているようであった。

亭主が認められ、町の人たちからも頼りにされている。そして息子が父親の仕事を継ごうとしているのだから、こまの苦労は十分に報われたということだ。

それなのに商いの規模はちいさくしても煮売りの仕事を続けるのは、どん底を見てその怖さが骨身に沁《し》みているからだろう。いつそうなるかしれないという不安が、どうしても抜けないからにちがいない。

「すると吾一さんが手下に加わることは、ほかの人に話したのですね」

「いんや」

「だって本人のやる気のためにも、決まりを付けないと」

「手下じゃねえよ。手下の見習いということでな」

権六は吾一に念を押したそうだ。

「どうしてもこの仕事に就きたいのか」

「どうしても」

「だったら、あとでみんなに話すとしよう」

吾一は目を輝かせ、右腕を突きあげながら跳びあがった。親として胸を衝《つ》かれたものの、だからこそ甘い顔はできないと権六は思ったとのことだ。

手下は住みこんでいる者もいれば通っている者もいるが、その日は全員が揃《そろ》っての食事となった。ところが権六が話すまでもなかったのである。吾一の隠しきれないうれしさのためだろう、おこまをはじめだれもが勘付いていたのだ。

「みんなに話がある。が、どうやら気付いておるようだな」

手下たちの笑顔に見詰められて、権六は胸が詰まった。だれもがその日の来るのを、待ち望んでいたのがわかったからである。うれしさのあまり、権六は短く乱暴に言った。

「吾一を見習いにした」

わっと笑顔の花が咲く。

「よかったなあ、吾一っちゃん」

「安吉、それがいけねえ。ちゃんなんぞ付けずに呼び捨てにしろ。みんなも心得ておけ、おれの倅ではなく新米の、それも見習いだ。特に安吉は齢が一番下なので、いつもこき使われて損ばかりしているとぼやいていたな。これからは吾一をこき使ってやれ」

うれしい話題でもあったので、話はいつまでも弾んだとのことだ。

「あっしと女房のこまは狭い世界しか、それも世間のほんの一部しか知らねえ」と、権六はしみじみと言った。「信吾は丸三年、波乃さんは二年のあいだ、相談屋としていろんな人の悩みごとに取り組んできた。あっしやこまとちがって、まともな世間に関わってきたということだ。だから吾一の話し相手、場合によっちゃ相談相手になって、曲がったことや考えを真っ直《まっす》ぐに直してもらいてえんだ」

なんと権六は信吾と波乃に深々と頭をさげた。

「頭をあげてくださいよ、親分。でないと話ができないじゃないですか」

言われて権六は頭をあげたが、その表情は岡っ引ではなくて父親のものであった。

「今日初めて吾一と話しましたがね、わたしは齢が十歳しかちがわないこともありますが、友達、少し若い友達としか思えませんでした。だから教えるとか直すなんてことはむりですが、友達として話すことはできます」

「あたしなんだか、吾一さんに教えられたり叱られたりしそう」

「ありがたいことだ。吾一は幸せなやつだ」

権六は両手をあわせて、信吾と波乃を拝んだのである。

解　説

細谷正充

今年一年を漢字一字で表現する「今年の漢字」という催しがある。年末になると京都の清水寺《きよみずでら》で、巨大な和紙に揮毫《きごう》する形で発表される。ニュースなどで、ご覧になった人も多いだろう。それに倣って、本シリーズの漢字を考えてみた。相応《ふさわ》しい漢字一字は何か。私は「最」だと思っている。なぜなら本シリーズの魅力を語ろうとすると、幾度もこの漢字を使うことになるからだ。

まず、本シリーズは〝最長〟である。野口卓の作家デビューは、二〇一一年二月に祥伝社《しょうでんしゃ》文庫から文庫書き下ろしで上梓《じょうし》された『軍鶏侍《しゃもざむらい》』であった。以後、これをシリーズ化し、現在までに「軍鶏侍」シリーズ六冊、「新・軍鶏侍」シリーズ五冊、それに『遊び奉行 軍鶏侍外伝』を加えて、十二冊が刊行されている。他にも幾つかシリーズがあるが、長らくこれが最長シリーズであったのだ。

だが、二〇一八年八月に集英社文庫から『なんてやつだ　よろず相談屋繁盛記』が上梓されると、すぐさまシリーズ化。「よろず相談屋繁盛記」シリーズ五冊、第二シーズンとなる「めおと相談屋奮闘記」シリーズ十冊、そして第三シーズンとなる「おやこ相談屋雑記帳」シリーズも、本書で三冊となるのだ。ひっくるめて「相談屋」シリーズと呼ぶが、現時点で十八冊。まさに作者の最長シリーズへと成長したのである。

ではなぜ、最長シリーズになったのか。作者が自分の創ったキャラクターや物語世界を気に入っており、ノリノリで執筆しているのだろう。一方で読者も、同じようにキャラクターや物語世界を気に入り、シリーズ最新刊を待ち望んできた。その相乗効果が、本シリーズを最長にしたのではないか。本書を読みながら、あらためてそんなことを思ったのである。

本書『ちゃからかぽん　おやこ相談屋雑記帳』は、短篇《たんぺん》六作で構成されている。主人公は、江戸の黒船町で将棋会所の「駒形」と、「おやこ相談屋」を営む信吾だ。浅草の老舗料理屋「宮戸屋」の長男だったが、三歳のときの大病を機に、生き物が語りかける声を聞くことができるようになった。また、天の声らしきものが聞こえることもある。自分がそのような特殊な力を得たのは、何か果たすべき役割があるのではないかと思い、名付け親である巌哲和尚から武術を習い、めきめきと腕を上げていく。さらに、自分でも分からないまま、困った人を助けたことが何度かあり、家業を弟に譲り、よろず相談屋を始めたのである。ただし相談屋で金儲《かねもう》けをするつもりはなく、生活のために将棋会所も開いたのだ。

以後、相談屋と将棋会所でかかわった人が増え、信吾の周りはいつも賑《にぎ》やか。そして、楽器商「春秋堂」の次女の波乃を女房に迎えた。相談屋の一員となった波乃も、なかなかユニークな性格だ。現在妊娠五ヶ月で、信吾はいつ将棋会所の常連たちにそのことをいうか、タイミングを計っている。

冒頭の「犬猿の仲」では、『捨子行』という演目で大評判になった猿《さる》曳《ひ》きの誠が、信吾のもとにやってくる。正月の演目に『捨子行』はないだろうと思い、別の演目を相談しにきたのだ。信吾と一緒に話を聞いていた波乃は、『姨捨山《おばすてやま》』はどうかと提案。演目にはなるだろうが、やはり正月向きではない。何だかんだと三人で話し合い、特に演目は決まらないが、誠はいろいろ得るものがあったと満足して帰っていく。

その間に信吾が、誠が連れている猿の三吉と話したり、将棋会所の常連たちと犬の話をしているうちに物語は終わる。大きなエピソードがあるわけではないが、それでも楽しく読ませてくれるのが野口流。江戸の片隅にある、信吾を中心とした幸せなコミュニティーに、物語を通じて私たちも参加している。そのことが、たまらなく嬉《うれ》しいのだ。

第二話「新玉《あらたま》の」も、大きなエピソードはない。波乃の母親が訪ねてきたり、将棋会所のみんなが、夕七という常連の奇妙な夢の話を聞いたりと、なんでもない日常が綴《つづ》られているのだ。気持ちのいい人々の交わりに、読んでいるこちらまで気持ちよくなる。

ただし信吾たちのいる世界は、ユートピアではない。一例を挙げよう。信吾と波乃の

もとに挨拶にきた大工の鉄五郎と女房は、赤ん坊の幸吉を養子にしている。幸せそうな夫婦の姿に喜ぶ信吾たちだが鉄五郎は、

「幸吉は生涯、自分がもらいっ子であることに気付かずにすむかもしれないが、まずそれは考えられん」

といら。それに対して信吾は、

「善意か、大抵は悪意ですけど、それをほのめかす、あるいはわざと告げる者がいますからね」

というのだ。生きていれば、嫌なことがある。人の悪意に遭遇することもある。鉄五郎にいわれるまでもなく、それを信吾は承知している。その上で、良好な人間関係を作り、自分の人生を明るく充実したものにしていこうとしているのだ。本シリーズを読んでいると、これこそが〝最良〟の生き方ではないかと確信できるのである。

第三話「四すくみ」で、ようやく相談屋の仕事の話になる。「相談屋」シリーズといいながら、相談屋の関係しないエピソードが少なからずあるのも、本シリーズの特徴。作者は自由自在である。

さて、キヨという娘が持ち込んだのは、自分を含めた幼馴染《おさななじみ》らしき知りあいの四角関係であった。今風にいうならギャルのような言動のキヨに呆《あき》れ、おざなりな対応をしてしまった波乃。真剣に話を聞かなかったことを反省することになる。

キヨの相談がどうなるのかは、読んでのお楽しみ。波乃のアドバイスによって相談事が解決するという、当たり前のパターンにならないところが、本作の面白さに繋《つな》がっている。それなのに本人の意識しないままに放った言葉がキヨの心を動かすのだから、人の心とは面白いものだ。

さらにいえば、波乃の反省する気持ちや、それに対する信吾の言葉が、深い人生訓になっている。信吾や波乃だって完璧な人間でなく、迷いもすれば失敗もする。だからこそ読者に伝わることがある。本シリーズの、ひとつひとつの物語が〝最強〟の人生の指南書になっているのだ。

第四話「ちゃからかぽん」は、波乃が最初に手掛けた相談客の少女・アキがやってくる。将棋会所の常連の少女・ハツも現れたので、信吾は二人を紹介する。そこでハツが波乃の妊娠に気づいた。いつ波乃の妊娠を話そうかと思っていた信吾は、これを良い切っかけにして、将棋会所の常連たちに公表する。後で詳しく触れるが、本書を貫くテーマとして、親子を通じて受け継がれるものがあるようだ。それがよく表れた一篇である。

第五話「分身」は、日本橋の書肆《しょし》「耕人堂」の若き番頭・志吾郎に見込まれた信吾が、将棋上達の秘訣《ひけつ》の本を書き上げる。原稿を通じての信吾と志吾郎のやり取りは、まるで現代の作家と編集者である。おそらく作者の体験と理想が込められているのだろう。作者の作家としての姿勢や想《おも》いが窺《うかが》える、興味の尽きない話だ。

そしてラストの「蛙の仔《かわずこ》」は、シリーズでお馴染みの岡っ引の権六が、息子の吾一を連れてやってくる。登場したときは、周囲から嫌われていた権六。しかし信吾との出会いによって、人生が好転する。本作では、そんな権六を尊敬するようになった吾一が、岡っ引を継ぐことを決意。その報告に親子でやってきたのだ。

出会いによって人は変わることがある。人は幾つになっても、いい方向に変わる可能性を持っている。それを体現しているのが権六だ。長く続くシリーズだからこそ、彼の善き変化にニコニコしてしまうのである。

と、収録された全話を俯瞰《ふかん》したところで先に記した、親子を通じて受け継がれるものについて述べよう。本書は、波乃の妊娠に関するあれこれなど、さまざまな形で、親子で受け継がれるものが描かれている。すべてに触れる余地がないので、その中の名前に注目したい。「新玉の」で、信吾が子供の名前を、自分と波乃の名前を数字で表して、それを組み合わせようと思っていることが明らかになる。子供の名前の一部に、親や祖父母の名前を入れるのは、現代でもよくあることだ。個人的な話になるが、私の正充という名前の〝充〟は、祖母の〝美津《みつ》〟の名前を取り入れたものである。このように人間は、名前ひとつにも、血の繋がりを受け継がせようとするのだろう。

ところで自然人類学に、人類の祖先はアフリカで誕生し、そこから世界に伝播《でんぱ》したという学説がある。遥《はる》かな歳月をかけて血が受け継がれ、その最先端に私たちがいるのだ。

本書で、さまざまな形で描かれた親子によって受け継がれるものは、現在の私たちへと繋がっていくための、一挿話といっていい。その繰り返しにより、人の歴史が続いていくのである。

ああ、そんなことまで考えさせてくれるのだから、本書は〝最高〟だ。いつまでも読んでいたい、野口卓の時代小説シリーズの〝最高峰〟が、ここに屹立《きつりつ》しているのである。

（ほそや・まさみつ　文芸評論家）

本書は、集英社文庫のために書き下ろされた作品です。

本文デザイン／亀谷哲也［PRESTO］

イラストレーション／中川 学

集英社文庫
野口卓の本

なんてやつだ
よろず相談屋繁盛記

動物と話せる不思議な能力をもつ青年・信吾。家業を弟に譲って独立し、相談屋を開業するが……。痛快爽快、青春時代小説、全てはここから始まった！

集英社文庫　目録（日本文学）

集英社文庫　目録（日本文学）

野中柊　小春日和
野中柊　このベッドのうえ
野茂英雄　僕のトルネード戦記
野茂英雄　ドジャー・ブルーの風
羽泉伊織　ヒーローはイエスマン
萩本欽一　なんでそーなるの！　萩本欽一自伝
萩原朔太郎　青猫　萩原朔太郎詩集
橋爪駿輝　さよならですべて歌える
橋本治　蝶のゆくえ
橋本治　夜
橋本治　幸いは降る星のごとく
橋本治　バカになったか、日本人
橋本治　結婚
橋本紡　九つの、物語
橋本紡　葉桜
橋本長道　サラの柔らかな香車

橋本長道　サラは銀の涙を探しに
蓮見恭子　バンチョ高校クイズ研
馳星周　ダーク・ムーン(上)(下)
馳星周　約束の地で
馳星周　美《ちゅ》ら海、血の海
馳星周　淡雪記
馳星周　ソウルメイト
馳星周　雪炎
馳星周　パーフェクトワールド(上)(下)
馳星周　陽だまりの天使たち　ソウルメイトII
馳星周　神奈備
馳星周　雨降る森の犬
羽田圭介　御不浄バトル
畠山理仁　黙殺　報じられない“無頼系独立候補”たちの戦い
畠中恵　うずら大名
畠中恵　猫君

畑野智美　国道沿いのファミレス
畑野智美　夏のバスプール
畑野智美　ふたつの星とタイムマシン
はた万次郎　北海道青空日記
はた万次郎　ウッシーとの日々1
はた万次郎　ウッシーとの日々2
はた万次郎　ウッシーとの日々3
はた万次郎　ウッシーとの日々4
花井良智　美しい隣人
花井良智　はやぶさ　遥かなる帰還
花村萬月　ゴッド・ブレイス物語
花村萬月　渋谷ルシファー
花村萬月　風転(上)(中)(下)
花村萬月　虹列車・雛列車
花村萬月　錏《あ》娥《が》哢《る》奼《た》(上)(下)
花村萬月　日蝕えつきる

集英社文庫

ちゃからかぽん おやこ相談屋雑記帳《そうだんやざっきちょう》

2024年6月25日 第1刷 定価はカバーに表示してあります。

著 者 野口《のぐち》 卓《たく》
発行者 樋口尚也
発行所 株式会社 集英社
東京都千代田区一ツ橋2-5-10 〒101-8050
電話 【編集部】03-3230-6095
【読者係】03-3230-6080
【販売部】03-3230-6393(書店専用)

印 刷 図書印刷株式会社
製 本 図書印刷株式会社

フォーマットデザイン アリヤマデザインストア マークデザイン 居山浩二

ISBN978-4-08-744667-8 C0193